KB097533

백지선

종이책의 소멸이 예견되던 격동의 90년대, 출판 편집자의
미래는 암담해 보였다. 하지만 사회생활의 쓴맛을 보며
그나마 적성에 맞는 일을 해야 견딜 수 있겠다 싶어 출판사에
취업한 후 20년째 편집자로 일하고 있다. 오래전 직장
동료가 붙여 준 별명 '호기심 천국'이 기획편집자로 살아 온
원동력이었던 것 같다. 종교와 스포츠를 제외한 세상만사에
관심이 많으며 인간 사회의 각종 현상에 대한 원인과 해답을
생각하는 것이 취미다.

한국브리태니커회사, 김영사, 랜덤하우스코리아(현 RHK),
미래엔(북폴리오, 와이즈베리 브랜드), 흐름출판에서
일하면서 팀장, 편집장, 주간 등을 역임했다. 경제경영책을
만들면서 여러 학자, 경제인, 직업인들과 협업하며 새로운
지식과 경험을 쌓을 수 있어서 운이 좋았다고 생각한다.

짐 콜린스의『좋은 기업을 넘어… 위대한 기업으로』(개정판),
스티븐 코비의『성공하는 사람들의 8번째 습관』, 에릭
바인하커의『부의 기원』, 쑹훙빙의『화폐전쟁 2』, 워런 버핏
공식 전기『스노볼 1, 2』등을 편집했다. 기획한 책으로는
인구 감소 시대에 대비하려는 각계 전문가의 필독서가 된
『지방 소멸』, 4차 산업혁명과 관련된 일자리 문제를
근본적으로 접근한『4차 산업혁명 시대, 전문직의 미래』와
『보통 사람들의 전쟁』, 알고리즘이 지배하는 사회의
위험성을 경고한 문제작『대량살상수학무기』등이 있다.

경제경영책 만드는 법

ⓒ 백지선 2020
이 책은 저작권법에 의해 보호받는 저작물이므로
무단전재와 복제를 금합니다.
이 책 내용의 전부 또는 일부를 이용하려면
저작권자와 도서출판 유유의 서면동의를 얻어야 합니다.

경제경영책 만드는 법

독자의 경제생활을 돕는
지식 편집자로 살기 위하여

백지선 지음

유유

정보력을 갖춘 현실주의자들이 읽는 책

경제경영책은 경제 생활을 영위하는 여러 가지 활동과 부를 창출하는 과정을 다룹니다. 자급자족 사회에서는 수렵, 채집, 목축, 농업이 중심이었지만, 현대 사회에서는 의식주 관련 산업은 물론 금융, 물류, 문화 등 다양한 산업이 창출하는 부의 흐름 속에서 각자의 몫을 얻어 생계를 유지하고 부를 축적합니다. 생계를 위해서든 큰 부를 추구하든, 돈 벌 기회를 찾으려면 세상의 흐름을 읽어야 합니다. 세상이 필요로 하고 사람들이 돈을 지불하는 일을 해야 부를 얻고, 최소한 내 몸 하나라도 건사할 소득을 얻을 수 있습니다. 이처럼 돈 벌 기회를 찾는 사람에게 돈의 흐름을 읽을 수 있는 안목과 실용 지식, 정보를 제공하는 것이 경제경영책입니다.

　조직에 소속되어 급여를 받는 사람은 어떻게 정글 같은 조직에서 살아남을까, 어떻게 지속 가능하며 능률적인 조직을 만들까 궁리합니다. 회사의 전략기획 업무 담당자는 회사에 돈을 벌어다 줄 일을 물색해 기획안과 보고서를 작성합니다. 회사에 오래 다니고 승진하고 싶은 사람은 회계, 보고서 작성법, 효과적인 프레젠테이션 기법 등 실무 기술을 익히거나 리더십을 키우고자 합니다. 직접 노동을 해서 벌어들인 돈보다 더 많은 돈을 추구하는 사람은 주식 투자나 부동산 투자 등의 재테크에 몰두합니다. 사업가는 '자체적으로 돈을 벌어들이는 시스템', 즉 사업체를 만들어 효과적으로 운영하는 데 골몰합니다. 아무리 능력이 뛰어난 사람도 직접 노동하는 것만으로는 큰 부를 얻기 어렵습니다. 부의 크기가 커질수록 사업 소득과 투자 소득의 비중이 높아집니다. 성공한 연예인은 부동산을 사들이고, 맛집으로 소문난 음식점은 프랜차이즈 사업에 나섭니다.

　신분이 세습되는 권문세가가 온 나라의 부를 차지하고 대부분의 사람에게 직업 선택의 자유가 없던 조선 시대에 경제경영책이 필요했을까요? 몇몇 뜻있는 학자가 농업과 상공업 진흥을 위한 연구를 하기는 했겠지만, 대중적 관심사가 될 수는 없었을 것입니다. 의주상인이나 개성상인 같은 유명한 상인 집단도 혈연, 지연으로 얽혀 직업을 선택하고 경험으로 일을 배웠으므로 경제경영책의 고정 수요는 없었을 것입니다.

문학과 인문책은 역사가 오래되었지만, 경제경영책은 이처럼 족보가 없는, 지극히 현대적인 분야입니다. 현대 사회에서 경제 활동의 중요성이 유례없이 부각되면서 사회과학의 한 분야가 아니라 사회과학과 대등한, 아니 더 중요한 독립된 분야처럼 되어 버렸습니다. 회계의 '복식부기'는 역사가 유구하고, 고대 로마와 몽골 군대의 편제나 병법을 경영에 응용할 수도 있겠지만, 대중이 읽는 경제경영책이라는 분야는 현대 자본주의의 산물이라고 해도 무방합니다.

신분이 고정되어 있고, 돈 벌 기회를 기득권 세력이 독점한 사회에서는 경제경영책이 별로 필요하지 않습니다. 부의 원천이 농토에서 산업 자본, 시장으로 이동하는 격변의 시대에 수많은 사람이 신분에 상관없이 부를 차지하기 위한 경쟁에 뛰어들었고, 상법, 회사법 등의 제도에 의해 자유로운 상업 활동을 보장받으면서 더 많은 사람이 지식과 정보를 통해 부에 접근하고 직업적 성공을 추구하려고 경제경영책을 찾았습니다.

　문학이나 에세이, 취미·실용책 등의 분야에서도 시대를 읽고 트렌드를 아는 것이 중요합니다만, 그런 분야에서는 작품 자체의 힘, 저자의 영향력, '취향의 공동체'의 승인이 도서의 성공에 더 결정적입니다. 그러나 경제경영책은 시대 변화에 따른 부와 기회의 이동을 탐지하고 그에 맞춘 책을 펴내는 것이 성공에 결정적입니다.

　그래서 정치, 경제, 사회, 문화 각 방면에서 세상이 어떻게 바뀌고 부를 만드는 메커니즘이 어떻게 변하는지, 대중의 관심사가 어느 쪽을 향하는지 진심으로 관심이 있는 사람이 경제경영책 편집에 적합합니다. 경제경영책 기획과 편집은 일반 기업의 상품 기획자처럼 대중의 욕망과 시장의 역동성을 잘 이해하고 업무에 활용하는 사람에게 잘 맞습니다.

　경제경영책을 기획하고 싶어서 편집자가 되는 사람은 별로 보지 못했습니다. 애초에 경제경영에 관심이 많은 사람은 일반 기업체에 취업하겠지요. 홍보와 마케팅 관련 일을 하다가 경제경영책 기획도 적성에 맞겠다 싶어 이직하는 경우는 더러 보았습니다. 저 역시 편집자가 되기 전에는 경제경영책에 아무 관심이 없었습니다.

일을 시작하고 주어진 업무로 경제경영책 편집을 하면서 자연스럽게 이 분야의 지식과 경험을 쌓았습니다.

제가 처음에 입사한 단행본 출판사는 경제경영이 주력 분야 중 하나로, 경제경영 명저와 베스트셀러 구간 舊刊을 다수 보유한 곳이었습니다. 저는 경제경영책과 함께 인문교양책과 과학책도 편집했는데, 일을 하다 보니 인문책, 과학책, 경제경영책을 구분하는 것이 무의미하게 느껴졌습니다. 결국 모든 것이 인간과 사회에 관한 이야기이고, 특히 눈부시게 발전하는 과학 분야의 발명과 발견이 인간의 본성에 대해 새로운 시각을 제시하고 사회를 급격하게 바꾸고 있으니까요.

그즈음 국내 출판계에도 본격적으로 '통섭'의 시대가 시작되었습니다. 인문학과 과학을 통섭한 새로운 유형의 경제경영책이 시장의 주류가 되었습니다. 인간 본성과 사회 현실을 날카로운 통찰력으로 해부한 『괴짜경제학』,『경제학 콘서트』 같은 책이 대박을 쳤고, '정보의 비대칭성' 이론이나 '행동경제학' 관련 연구는 노벨경제학상 수상 이후 급속하게 대중화되어 『넛지』를 비롯한 많은 베스트셀러를 양산했습니다.

이런 세상의 변화 속에서 경제경영책을 기획하고 편집하는 일은 무척 흥미진진하고 재미있었습니다. 결국 인간과 사회에 대한 관심과 호기심이 경제경영책 기획의 밑바탕이 되었고, 인문적 소양은 어떤 분야의 편집자에게나 가장 기본적인 소양임을 절감했습니다.

요즘은 책을 출간하기 전에 어떤 분야로 소개할지를 치열하게 고민합니다. 똑같은 책을 출판사의 의지에 따라 경제경영책으로 출간하기도 하고, 인문교양책이나 사회과학책, 자기계발서로 출간하기도 합니다. 다른 분야도 마찬가지입니다. 최근에는 기존에 자기계발서로 출간했을 만한 책을 인문책이나 에세이로 출간하는 것이 유행입니다. 그만큼 요즘 책은 내용이 복합적이고 다면적인 경우가 많습니다. 경제경영에 기반한 내용으로 사회 변혁을 이야기하기도 하고, 과학에 기반한 내용으로 경제를 이야기하기도 하며, 인문학에 기반한 내용으로 경영을 이야기하기도 합니다. 그러므로 경제경영 편집자 역시 인문적 소양을 기반으로 한 '통섭' 편집자가 되어야 합니다.

『좋은 기업을 넘어… 위대한 기업으로』를 읽고 "경영서를 읽고 감동을 받을 줄은 몰랐다"고 토로하는 독자도 있고, 『빅 데이터가 만드는 세상』을 읽고 "IT 책인 줄 알았는데 철학책이었다"는 감상을 쓴 독자도 있습니다. 좋은 책일수록 특정 장르로 한정하기 어렵습니다.

특별히 경제경영책 편집자에게 더 요구되는 자질이 있다면 '정보력을 갖춘 현실주의자'가 되어야 한다는 것입니다. 경제경영은 실용 지식이지 당위성이나 신념, 취향의 대상이 아닙니다. 실용적인 책을 만드는 사람이라면 철저하게 독자 입장에서 생각하고 기획과 편집에 반영해야 합니다. 영세한 출판사의 경우 철저한 시장조사를 통해 책을 만들 수도 없고 각각의 시장조사 방법 자체가 지닌 한계도 크기 때문에 대체로 편집자는 자신이 독자라고 가정하고 책을 만듭니다. 그런 과정에서 어쩔 수 없는 한계를 느끼기도 하지만, 그럼에도 새로운 정보와 관점에 늘 열려 있어야 합니다. '정보력을 갖춘 현실주의자'라는 특성은 편집자만이 아니라 경제경영책 저자와 독자의 특성이기도 합니다.

경제경영책 편집자나 출판사는 대개 자기계발서도 함께 작업합니다. 독자가 비슷할 뿐 아니라 경제경영책인지 자기계발서인지 구별하기 어려운 경우도 많습니다. 경제경영 분야에서는 대형 베스트셀러가 가끔 나오는 반면, 자기계발 분야에서는 대형 베스트셀러가 늘 나옵니다. 과거보다 자기계발서 시장이 축소된 요즘도 인문책과 에세이로 포장한 자기계발서가 대형 베스트셀러가 되는 현상을 흔히 볼 수 있습니다. 즉 형식적인 분야로만 보면 시장이 축소되었지만, 인문 분야나 에세이로 출간되었더라도 내용이 자기계발서인 책들은 여전히 시장성이 매우 높습니다. 이런 이유로 여러 출판사의 경제경영팀은 대형 베스트셀러를 더 많이 확보하려고 자기계발서도 함께 담당합니다. 출판사에 자기계발서만 담당하는 편집팀이 따로 있는 경우는 본 적이 없는데, 아마도 자기계발서가 독자 성향상 경제경영책이나 에세이에 가깝기 때문에 경제경영팀이나 에세이(비문학)팀에서 함께 다루기 때문인 것으로 보입니다.

개인의 성공 스토리는 자기계발서지만 경영자나 기업의 성공 스토리는 경제경영책입니다. 직장인의 처세술은 자기계발서이기도 하면서, 조직의 생리를 잘 파악하고 이용하거나 사람을 장악하는 과정을 다룬다는 점에서 경영이나 관리와도 연결됩니다. 화법, 커뮤니케이션, 협상 등은 비즈니스의 실무 기술이면서 개인에게도 매우 중요한 만큼, 자기계발서가 되기도 하고 경제경영책이 되기도 합니다.

이런 이유로 이 책에서는 경제경영책을 주로 다루지만 유사한 독자를 가진 자기계발서와 성공 스토리도 일부 다룹니다.

들어가는 글

—정보력을 갖춘 현실주의자들이 읽는 책   9

1   판을 읽는 안목   21

2   경제경영책은 누가 읽을까?   29

3   어떻게 편집해야 할까?   35

4   경제경영책 편집자는 에디마케터?   49

5   기획 단계부터 시작되는 마케팅   55

6   저자는 어떻게 섭외할까?   67

7   경제경영책의 원천 콘텐츠   79

8   외서 기획과 편집   89

9   경제경영책의 시대별 트렌드   105

10   세부 분야의 기획과 편집   129

나가는 글—경제경영책 기획자의 고민과 미래   157

{ 1 }

판을 읽는 안목

세상의 변화를 알아야 부의 흐름을 알 수 있으므로 경제 경영책의 주요 과제는 늘 세상의 변화를 감지하는 것이 었습니다. 최근 우리 사회가 직면한 가장 거대한 변화는 '4차 산업혁명'이라 불리는 변화입니다. 이 용어를 꺼리는 사람도 있고, 거의 유사한 의미로 '디지털화'라고 표현하는 사람도 있습니다. 몇 년 전 '4차 산업혁명'이 한창 유행할 때는 당장 세상이 뒤바뀔 것 같았지만, 일상은 별로 변하지 않은 듯합니다.

거대한 변화는 몇 년 단위로 보면 잘 감이 잡히지 않습니다. 그러나 십 년에서 수십 년 단위로 보면 인류의 삶을 엄청나게 바꾸어 놓습니다. 2000년대 초반에는 '닷컴버블'이 이슈였습니다. '닷컴'이 붙은 인터넷 기업에 일반인도 마구잡이로 투자해서 거대한 거품이 형성되었습니다. 인터넷 기업이 아무리 좋은 서비스를 제공해도 사람들이 돈을 내고 보는 건 포르노 외에는 별로 없었고, 광고 수익 말고는 수익 모델이라 할 만한 게 없는 기업이 다수였습니다. 누구나 이용하는 대형 포털 사이트는 광고 수익이 엄청났지만, 인지도가 낮은 대다수 기업은 수익을 내기 어려웠습니다. 하지만 닷컴버블이 꺼진 후에도 세상은 계속 디지털화되어 갔습니다. 드디어 손안의 컴퓨터, 스마트폰이 출시되었고, 온라인이 오프라인 세상을 집어삼키는 O2O● 혁명은 현재도 진행 중입니다. 이러한 거대한 변화에 단타로 투자하면 돈을 잃기 쉽지만, 장기로 투자하면 큰 부를 얻을 수 있습니다.

2016년 개봉한(국내 개봉은 2017년) 『우리의 20세기』는 1970년대 후반 미국을 배경으로 21세기 여인들보다 더 진보적인 20세기 여인들에게 둘러싸인 한 소년의 독특한 성장기를 다룬 자전적 영화입니다. 여기서 셰어하우스를 운영하며 아들을 키우는 싱글맘으로 나

● Online to Offline. 온라인이 오프라인으로 옮겨 온다는 뜻으로, 효과적으로 정보를 집적하고 공유할 수 있는 온라인과 실제 소비가 일어나는 오프라인의 장점을 접목해 새로운 시장을 창출하는 것을 가리킨다. 카카오택시나 배달의민족 등이 대표적인 국내 사업 모델이다.

온 아네트 베닝은 매일 아침 아들에게 신문에서 인텔의 주가를 확인하게 합니다. 시대를 앞서간 여성이었던 주인공의 어머니는 투자 안목도 탁월했습니다. 최첨단 반도체 회사의 주식을 사고 아들에게 아침마다 주가를 확인하게 해 시대를 읽는 안목을 키워 주려 했던 것으로 보입니다. 이후 수십 년간 IT업계에서 인텔의 위상을 생각해 보면 주인공의 어머니는 부자가 되었을 겁니다.

20세기는 페미니즘이 부상하다가 쇠퇴한 시대이기도 하고, IT 혁명이 태동하던 시기이기도 합니다. 양자 모두 21세기에 새로운 차원으로 진화하고 있습니다. 경제경영 편집자라면 수십 년 넘게 전개되는 이런 거대한 기술적·사회문화적 변화에 열려 있어야 합니다.

대박이 되는 시점

변화의 흐름을 알더라도 어느 시점에 투자하고 어느 시점에 빠져야 할지를 정확히 알 수는 없습니다. 그래서 주식 투자에서는 가치 투자와 장기 투자를 강조합니다. 도서 기획도 마찬가지입니다. 흐름을 꿰고 있어도 정확히 어느 시점에 흥행할지 맞추기는 어렵습니다.

최첨단 학문을 개인과 비즈니스를 위한 실용 지식

으로 녹여 내는 능력이 뛰어난 말콤 글래드웰은 『티핑 포인트』에서 어떤 트렌드가 '대세'가 되는 조건을 탐색합니다. 어떤 변화는 짧은 유행으로 끝나지만, 어떤 변화는 세상을 바꿉니다. 변화의 에너지가 계속 쌓이면 어느 순간 판이 바뀌고, 바로 그 순간이 모든 기획자가 꿈꾸는 대박의 순간입니다.

4차 산업혁명이 대세라면 도서 기획에서 대박의 순간은 언제였을까요? 니콜라스 네그로폰테의 『디지털이다』는 우리가 4차 산업혁명이라 부르는 일련의 변화를 예견한 도서로 손꼽힙니다. 원서는 1995년, 국내 번역서는 1999년에 출간되었습니다. 당연히 베스트셀러가 되기는 어려웠습니다. 국내에서는 너무나 앞서간 이야기였으니까요. 하지만 성공한 기획입니다. 1999년에 출간된 책이 아직도 팔리고 오피니언 리더들도 꾸준히 인용하니까요.

기술이 인간을 초월하는 '특이점'을 다룬 레이 커즈와일의 『특이점이 온다』는 원서가 2005년, 번역서가 2007년에 출간되었습니다. 이 책 역시 대형 베스트셀러는 아니었지만, 과학 분야 도서로는 상당히 많이 팔렸고 지금도 잘 팔리고 있습니다. '특이점'은 이제 TV 예능 프로그램에서도 쓰이는 대중적인 용어가 되었습니다.

2014년 출간된 에릭 브린욜프슨과 앤드루 맥아피의 『제2의 기계 시대』는 미국 아마존 베스트셀러, 『뉴욕 타임스』 베스트셀러를 기록하고 번역 판권의 선인세도 상당히 높았을 것으로 추정되지만, 국내 판매량은 그리 많지 않았습니다. 경제경영 분야에서는 베스트셀러였지만, 대형 베스트셀러는 아니었습니다.

대박은 2016년 출간된 『클라우스 슈밥의 제4차 산업혁명』이었습니다. 각 분야에서 따로따로 이루어지며 융합되기도 했던 다양한 변화의 양상을 총체적으로 버무려 '4차 산업혁명'이라는 이름을 붙이자 대중에게 다가서기 쉬운 솔깃한 개념이 되었습니다. 우리가 아는 세계가 다 바뀐다는 걸 뇌리에 남는 강렬한 표현으로 제시한 것이 이 책이 흥행한 가장 큰 이유라고 생각합니다. 다보스포럼 의장으로 재직하며 오랫동안 세계 경제에 강력한 영향력을 행사해 온 클라우스 슈밥이 4차 산업혁명을 이야기하면서 이 주제는 경제계 전반의 이슈로 떠올랐습니다. 이때 마침 이세돌과 알파고의 대결로 일반인 사이에서도 인공지능에 대한 관심이 높아져서 4차 산업혁명이 대중문화에서도 대세로 자리매김했습니다.

저는 4차 산업혁명과 관련해서 2015년 『4차 산업

혁명 시대, 전문직의 미래』(국내 출간은 2016년), 2016 년『대량살상수학무기』(국내 출간은 2017년)를 기획했습니다. 영미권 경제경영책은 주목받는 이슈라면 선인세가 수익을 내기 거의 불가능한 수준까지 올라가는 일이 드물지 않지만, 이 책들은 계약 당시 국내 출판사의 관심이 높지 않아 무난한 선인세로 계약했습니다. 대형 베스트셀러는 아니었지만 두 책 모두 투자 대비 높은 성과를 얻었습니다.

흐름을 알아도 대박을 만들기는 어렵습니다. 대박을 예측하는 사람이 여럿이라면 투자금이 높아져 리스크가 커지고 많이 팔려도 남는 게 없을 수 있습니다. 부동산 투자자들 사이에는 이런 말이 있습니다. "무릎에서 사서 어깨에서 팔아라." 주식이든 부동산이든 최저점에 사서 최고점에 팔면 대박이 됩니다. 그러나 수많은 변수가 상호작용하는 복잡계에서는 정확한 예측이 불가능합니다. 시장을 예측할 수 없는 자신의 한계를 알고, 상대적으로 쌀 때 사고 상대적으로 비쌀 때 팔아야 합니다. 정확한 시점을 맞추려고 하지 말고 하락기와 상승기를 대략 가늠해야 하는 것입니다.

대세를 알고 그 흐름에 따라 리스크를 감당할 수 있는 수준의 투자를 하면 도서 기획에 성공할 수 있습니다. 앞서 언급한 책은 대세를 따랐기에 성공한 기획이었습니다. 투자금(선인세)이 과도했다면 손실이 났을 수도 있지만, 재정 상태가 나쁘지 않은 출판사라면 시대를 선도하는 책을 출간해서 어느 정도 손실을 보았다 해도 브랜드 이미지 제고나 후속 기획으로 얼마든지 상쇄할 수 있습니다. 일희일비하지 않고 큰 흐름을 읽는 것이 기획에 성공하는 길입니다.

대중의 눈높이와 속도에 맞춰라

2019년 저는 『직장이 없는 시대가 온다』라는 책을 보고 '아차' 했습니다. 외서 검토를 하며 분명히 본 책이었는데, 당시는 너무 상식적인 주제라고 여겨 자세히 살펴보지 않았습니다. 플랫폼 경제의 여러 현상들은 수년 전부터 익숙한 주제여서 '뒷북'이라고 느꼈습니다. 번역 출간된 책이 잘 팔리는 것을 보고 나서야 잘못 생각했다는 것을 깨달았습니다. 미국을 중심으로 한 플랫폼 경제가 아무리 많이 다루어진 주제라 해도 그것이 낳은 현지의 고용 문제를 국내 대중이 실감할 정도가 되려면 시차가 필요합니다. 대중보다 한발 앞서 기획하다 보면 독자에게는 신선한 주제인데도 기획자는 진부한 주제라고 느

낄 수 있습니다. 관심은 앞서가더라도 결정을 내릴 때는 철저히 대중의 눈높이에 맞추어야 합니다.

또 하나 유념해야 할 점은 속도만 중요한 것은 아니라는 것입니다. 잘 알려진 주제라도 해당 주제를 내실 있게 다룬 독창적인 책이 출간되기 전이라면, 그 주제는 여전히 가능성이 있습니다.『직장이 없는 시대가 온다』는 플랫폼 경제가 이미 많은 부작용을 낳고 있던 미국에서 실제 사례와 통계에 근거해 생생한 체험과 취재로 집필한 진지한 작품이었기에 비교적 늦게 출간되었음에도 비슷한 주제를 다룬 책 중 월등히 좋은 성과를 거두었습니다. 장하준 교수의 추천사도 큰 역할을 했겠지만, 그런 추천사를 받은 것 역시 그 책이 좋은 책이었기 때문입니다.

{ 2 }

경제경영책은 누가 읽을까?

평소에 책을 잘 읽지 않는 사람도 소설이나 에세이는 간혹 읽지만, 책을 꾸준히 읽는 사람도 유독 경제경영책은 거의 혹은 아예 읽지 않는 경우가 꽤 많습니다. 그럼 경제경영책은 다른 분야에 비해 대중성이 낮은 걸까요?

　문화체육관광부가 발표한 '2019년 국민 독서실태 조사'의 독서 선호 분야 조사에서 경제경영, 재테크 분야를 합친 선호도는 10.1퍼센트로, 문학, 장르소설, 자기계발에 이어 네 번째로 높았습니다. 이 조사에서는 경제경영과 재테크 분야를 분리해 조사했지만, 재테크 분야는 경제경영에 포함하는 것이 일반적입니다. 경제경영책 편집자와 출판사는 대개 자기계발서도 함께 다루는

데, 자기계발 분야까지 포함하면 20.4퍼센트로 문학 다음으로 선호도가 높습니다. 즉 경제경영, 자기계발은 문학과 더불어 국내 단행본 출판 산업의 양대 축이라 볼 수 있습니다.

이 조사에서 사람들은 책을 읽는 가장 중요한 이유로 '새로운 지식과 정보를 얻으려고'(25.9퍼센트), '마음의 위로와 평안을 얻으려고'(18.4퍼센트), '교양과 상식을 쌓으려고'(16.8퍼센트)를 꼽았습니다. 경제경영책은 새로운 지식과 정보, 교양과 상식을 얻으려고 책을 보는 독자의 수요에 가장 잘 부합하는 분야 중 하나입니다. 이번 조사에서 월 가구 소득이 200만 원 미만인 경우는 독서율●이 29.1퍼센트, 500만 원 이상은 70.3퍼센트로, 소득별 독서율의 차이가 연령별 차이(19~29세 70.4퍼센트, 60세 이상 31.5퍼센트)보다 컸습니다. 경제 활동을 왕성하게 하며 지식과 정보를 적극적으로 습득하는 생활 방식이 독서율과 밀접함을 알 수 있습니다.

대개 경제경영책의 독자는 30~40대 남성으로 추정해 왔습니다. 위 조사에서 경제경영책의 성별 선호도가 남성 11.4퍼센트, 여성 3.6퍼센트로 나타났으니 아직까지 이 추정은 유효합니다. 연령별로는 40대 9.4퍼센트, 20대, 30대, 50대가 모두 7퍼센트로 아마도 직장 내

●1년 동안 일반 도서를 한 권 이상 읽은 사람의 비율.

승진 주기로 볼 때 팀장급 이상의 중간관리자가 경제경영책을 가장 많이 읽는 것으로 추정됩니다. 전체적으로 여성의 독서율이 더 높고 점점 높아지고 있는데도, 유독 경제경영책 선호도가 남성에 비해 극도로 낮은 것도 30대 중후반까지 활발하게 회사 생활을 하던 여성들이 40대로 접어들어 관리자가 되기 전에 대폭 퇴직하는 현상과 관련 있을 것으로 보입니다.

경제경영책을 읽는 회사원은 업무에 도움이 되는 책을 법인카드나 회사의 복지 포인트 등으로 구매하는 경우가 많아 도서 구입비 지출에 부담을 적게 느끼는 편입니다. 이런 점은 출판사에는 기회입니다. 예전보다는 줄었지만 기업체와 기관의 단체 구매는 출판사에 큰 수익원이 됩니다.

경제경영책 저자나 최신 지식에 민감한 사람은 경제경영 분야 신간 원서를 전자책으로 구매해서 읽기도 합니다. 종합출판사에 다니면서 다양한 도서에 대해 독자 문의 전화를 받았는데, 유독 경제경영책에 관해서는 오역 문의가 다른 분야 도서보다 잦았습니다. 그러면서 경제경영 분야 독자 가운데는 원서와 번역서를 동시에 읽는 사람이 간혹 있다는 것을 알게 되었습니다. 다른 분야도 마찬가지지만 경제경영책을 편집할 때는 윤문이 필요하더라도 신중하게 작업하고, 원문과 달라지는 부분이 있다면 반드시 옮긴이주나 편집자주로 설명하는 게 좋습니다.

몇 년 전 노벨경제학상 수상자의 저서가 왜곡 번역 논란에 휩싸인 적이 있습니다. 번역서에서 저자 서문 일부가 삭제되고 특정 의도가 부각된 국내 경제학자의 서문이 추가되는 등 내용이 왜곡되었다는 경제학계의 지적이 있었습니다. 번역서의 부제와 본문의 소제목들도 원서와 다르게 만들어 넣어 논란의 대상이 되었습니다. 이후 이 책은 저작권사의 요청에 따라 절판되었다가 내용 수정 후 개정 출간되었습니다.

당시 해당 출판사에서는 지루한 부분을 줄이고 독자의 이해를 도우려고 고쳤다고 해명했다고 합니다. 경제경영책 편집에서 장황한 내용을 축약하고 소제목이나 부제 등을 솔깃한 카피 형태로 바꾸는 일은 흔합니다. 그러나 수정 작업에는 반드시 저자의 동의가 필요합니다. 특히 학문적으로 중요한 책을 작업할 때는 소제목 하나도 함부로 고치지 말고 원문에 최대한 충실해야 합니다. 담당 편집자가 잘 몰라서인지, 회사 고위층이 도서 편집에 무리하게 개입한 것인지, 아니면 둘 다였는지는 모르지만, 그런 일이 생기면 국내 출판계 전체가 학계와 해외 저작권사의 불신을 받게 됩니다.

세부 분야에 따른 차이

경제경영 분야에는 수많은 하위 분야가 있고, 각 분야마다 독자 성격이 매우 다릅니다. 학문으로서의 경제학 도서의 독자층은 인문교양책, 사회과학책 독자와 상당히 중복됩니다. 말랑말랑한 경제교양서는 청소년까지 독자층이 확장되기도 합니다. 경영전략, 조직관리, 조직혁신을 다룬 도서는 CEO, 중간관리자, 전략기획 실무자가 주된 독자입니다. 직장인의 처세법이나 실무 능력 배양과 관련된 도서는 20~30대 젊은 회사원을 대상으로 합니다.

재테크 도서는 평소에 책을 읽지 않는 사람도 쉽게 접근하는 확장성이 높은 분야입니다. 확장성이 높은 분야에서 베스트셀러가 나옵니다. 국내 경제경영 분야 베스트셀러 중 다수는 재테크 도서입니다. 재테크 베스트셀러 독자는 가장 대중성이 높은 분야인 에세이나 자기계발서 독자와 성향상 큰 차이가 없습니다. 책을 읽는 목적만 다를 뿐입니다. 재테크 책만 읽거나 에세이만 읽는 사람도 있지만, 많이 팔리는 책일수록 독자가 겹칩니다.

　이처럼 세부 분야나 책의 성격에 따라 독자층이 확연히 달라지므로 경제경영책을 만들 때는 고정관념에서 벗어나 세부 분야의 구체적인 대상 독자에 맞춰야 합니다. 책의 내용이 어떤 독자에게 호소력이 있는지가 중요합니다. 경제의 기본 개념을 모르는 사람을 위한 교양서인지, 재테크 생초보에게 금전 관리 꿀팁을 알려 주는 책인지, 30대 여성 직장인에게 솔깃한 내용인지, 지식인 대상의 책인지 등을 세심하게 따져야 합니다.

　경제경영 분야는 경제 전문가부터 독서를 거의 하지 않는 독자까지, 독자의 스펙트럼과 성향이 가장 다양한 분야 중 하나입니다.

﹛ 3 ﹜
어떻게 편집해야 할까?

어떤 분야 편집자든 처음에는 기획보다 편집에 주력합니다. 어떤 사람이 어떤 목적으로 경제경영책을 읽는지 이해하고, 주어진 원고를 독자에게 가장 적합한 편집과 디자인으로 만드는 훈련을 많이 하면 점차 경제경영책을 기획하고 저자를 섭외할 수 있는 역량도 갖추게 됩니다.

과거 문학 작가의 글을 편집할 때는 명백한 맞춤법 오류나 띄어쓰기 오류만 지적한 후 모두 저자의 허락을 받아 수정했습니다. '시적 허용'이라는 게 있고, 일부러 문학적 표현으로 비문을 썼을 수도 있기 때문입니다. 작가의 글에 감히 편집자가 지적할 엄두를 내기 어려웠습니다. 하지만 문학 분야도 많이 바뀐 듯합니다. 작가와 편집자에 따라 차이가 있겠지만, 아마도 지금은 제임스 미치너의 『소설』에 나오는 편집자처럼 소설의 플롯이나 캐릭터 설정까지 저자와 깊이 있게 논의하며 작품에 참여하는 편집자가 국내에도 있으리라 생각합니다.

경제경영책을 비롯한 실용적 성격의 책은 예전부터 편집자가 원고 작업에 깊숙이 관여해 왔습니다. 경제경영책에서는 문장력이 중요하지 않을 것 같지만, 오히려 다른 분야보다 편집자의 문장력과 편집 역량이 훨씬 중요합니다. 경제경영책은 학문적 성격이 강한 책도 있고, 실용책 성격이 강한 책도 있는데, 양쪽 모두 편집자의 적극적인 역할이 요구됩니다. 경제경영책 저자는 대개 대중적인 글쓰기를 훈련한 작가가 아닙니다. 지속적으로 글을 썼더라도 학문적인 글이나 짤막짤막한 칼럼을 주로 썼을 뿐, 대중서를 집필한 경험은 없는 경우가 많습니다. 대중서를 여러 권 출간했더라도 원고를 처음부터 끝까지 스스로 작업하기보다는 편집자와 긴밀하게 협업해서 원고를 완성하는 경우가 많습니다. 완성된 원고라기보다는 자료 모음이라고 할 만한 초고를 편집자에게 전달하는 일도 드물지 않습니다.

그래서 원고 작업에 깊숙하게 관여하는 경제경영

책 편집자에게는 정보를 이해하고 해체하고 재구성하여 가장 효과적인 방식으로 제시하는 능력이 필수입니다.

구성과 원고 작업

경제경영책 편집자는 책의 구성 단계부터 저자와 깊이 논의하며 작업하기도 하고, 저자가 써 놓은 글이 있는 경우는 일단 글을 받아 검토한 후 목차와 원고 수정을 논의하기도 합니다. 책을 써 본 경험이 많지 않은 저자라면 집필 과정에서 애초에 의도했던 구성이 바뀌는 경우가 많습니다. 편집 체제가 미리 정해진 시리즈 도서가 아니라면 처음에는 필요한 내용 정도만 논의하고, 초고 완성 후 원고를 검토하면서 목차를 확정합니다.

한번은 저자가 보낸 초고를 받았는데 한 꼭지가 원고지 20~30매 정도인 50개의 독립적인 글로 이루어져 있었습니다. 출간할 책의 성격이 칼럼 모음집에 가까운 경우에도 소주제 50개는 너무 많아 몇 덩어리로 묶어 주어야 하지만, 그 책은 칼럼 모음집도 아니었고 기승전결이 명확한 논리적 구조의 책이었습니다. 한국 경제의 구조적 문제점을 다루고 있어서 저는 '현황 진단', '원인 분석', '해법 제시'로 3부를 구성하고 각 부에 3~4장씩, 3부 10장의 목차를 짜서 저자의 승인을 얻은 후 50편의 글을 그 체계 안에 넣었습니다. 네다섯 편의 글을 하나의 장으로 합치는 과정에서 중복되는 내용을 줄이고 글을 해체한 후 재구성했습니다.

　이런 식으로 작업할 때는 원고를 수정할 때마다 일일이 저자의 허락을 구하긴 어렵기 때문에 크게 수정한 부분만 표시하고 이유를 간략하게 정리했습니다. 저자 측에 직접 원고를 수정해 달라고 요청하지 않고 제가 수정한 이유는 글을 논리적으로 재구성하는 것은 어느 정도 객관적인 작업이라 저자와 이견이 생길 우려가 적고, 편집 작업에 능숙한 사람이 직접 하는 것이 더 효율적이기 때문입니다. 또한 그렇게 원고 작업을 하면서 기본적인 교정교열을 하고 수정 요망 사항, 보충이 필요한 사항 등을 메모하면 초교와 저자 문의 사항 정리까지 한 번에 완료되는 장점도 있습니다. 물론 편집자가 이처럼 수정 작업을 주도하는 것은 저자와 사전에 합의가 되었을 때 가능합니다.

　저는 완성 원고가 나온 이후의 교정교열 작업은 대개 외주자에게 의뢰했습니다. 원고 정리와 저자 확인이 끝난 원고의 편집 작업은 상당히 표준화된 작업이라 전문 교정교열자에게 맡기면 직접 하지 않아도 편집 품질을 관리하는 데 큰 어려움이 없습니다. 경제경영책 편집자는 기획, 저자 응대, 홍보, 마케팅 등의 업무를 하느라 편집 실무에 집중할 시간이 별로 없는 경우가 많습니다. 그래서 외주 인력에게 위임할 수 있는 일을 최대한 위임하는 것이 전반적인 효율을 높이는 방법입니다.

종종 칼럼 연재, 강연이나 강의 녹취록 등을 책으로 만들어 달라고 하는 경우가 있습니다. 편집자가 저자의 강연이나 수업을 수강하면서 직접 녹취하기도 합니다. 그러나 200~300쪽의 두껍지 않은 책이라도 책 한 권에는 많은 내용이 농축되기 때문에 칼럼 연재만 모으거나 강연, 강의만으로 책을 엮으려면 내용이 빈약해지기 쉽습니다. 강연과 강의에서는 청중과의 교감이나 비언어적 수단 등의 개입으로 많은 부분이 생략되지만, 책에서는 텍스트로만 커뮤니케이션해야 한다는 특성도 있습니다.

그래서 이런 경우에는 칼럼이나 강연에 기반하되, 전후 맥락을 살려 좀 더 포괄적인 내용과 세부 사항을 풍부히 담아 원고를 다시 써 달라고 요청합니다. 저자가 새로 원고를 집필할 시간이 없고, 칼럼이나 강연을 그대로 책으로 만들어도 경쟁력이 있다고 판단될 때는 편집

차원에서 보충 설명, 용어 정리 등을 최대한 보강한 후 출간하기도 합니다.

십여 년 전에는 경제경영 우화나 성공한 경영인의 일대기를 대필 작가가 많이 썼는데, 지금은 그런 종류의 책이 별로 많이 팔리지 않기 때문에 대필 작가의 수요가 크게 줄었습니다. 예전에는 편집자가 유명 베스트셀러 경제경영책을 대필했다는 소문도 있었습니다. 그러나 경제경영책은 대부분 전문적인 내용을 다루므로 글만 잘 쓴다고 책을 집필하기는 어렵습니다. 그래서 요즘은 출판사에서 유명 경영인이나 기업의 사례를 책으로 내고 싶으면 처음부터 저자 측에 호흡이 잘 맞는 경제 기자 등과의 공동 집필을 제안합니다. 유명 기업의 경우 책을 통해 자사의 경쟁력이 널리 홍보되면 유리하므로 잘 아는 경영학 교수나 경영 전문가, 경제 기자 등이 단독 저자로 자사의 경쟁력을 분석한 책을 낼 수 있도록 전폭적으로 협조하기도 합니다. 이런 이유로 출판사나 편집자가 호흡이 잘 맞는 경제 기자나 경제경영 전문 작가를 확보하고 있으면 그때그때 떠오르는 이슈나 인물을 다룬 책을 기획하기가 수월해집니다.

경제경영책의 제목과 카피

경제경영책 독자들은 시간에 쫓기면서 정보를 왕성하게 습득하는 사람입니다. 이러한 특성은 책의 디자인에도 반영됩니다.

　다른 분야 책을 주로 작업해 온 디자이너는 경제경영책 표지의 제목이 왜 그렇게 큰지, 왜 메시지가 그렇게 직접적인지, 표지에 왜 그렇게 글자가 많이 들어가는지 어색해하는 경우가 있습니다. 경제경영책 독자는 취미가 아니라 필요해서 책을 읽고, 몹시 바쁜 사람입니다. 그래서 책을 보는 즉시 무슨 내용의 책인지, 어떤 독자가 대상인지, 왜 그 책을 읽어야 하는지 명확하게 드러나야 합니다. 경제경영책 독자가 미적 감각이 부족해서 직접적인 메시지를 추구하는 것이 아닙니다. 경제경영책 독자도 다른 분야 책을 읽을 때는 심미적 취향을 추구할 수 있습니다. 최근에는 인문교양책이나 에세이 스타일의 경제경영책도 많이 출간되지만, 그렇더라도 대상과 내용이 명확하게 표지에 드러나야 한다는 점은 바뀌지 않습니다.

　저자 인지도나 심미적 취향이 중요한 소설이나 에세이는 제목만 보면 인문책인지 실용책인지 장르를 알 수 없는 경우가 많습니다. 경제경영책은 제목이 직접적일 뿐 아니라 그것도 모자라 대부분 부제가 길게 붙습니다. 1949년 초판이 출간된 전설의 베스트셀러 『벤저민 그레이엄의 현명한 투자자』의 원서를 보면 '가치 투자의 결정판'인 책의 내용과 가치가 부제에 그대로 드러나 있습니다. 경제경영책의 고향인 영미권에서부터 이처럼 직접적인 제목과 친절한 부제가 일반적입니다.

번역서의 경우 해외에서 유명한 책일수록 원제를 강조합니다. 원제도 크게 넣고 한글 제목도 크게 넣고 부제도 넣다 보니 제목들만으로도 표지가 꽉 차기 때문에 타이포그래피에 중점을 둔 표지 디자인이 많습니다. 유명 저자의 책이면 저자 이름도 제목만큼 크게 넣습니다. 인물의 인지도가 중요한 책에서는 인물 사진이 표지나 띠지에 들어갑니다.

경제경영책은 표지와 제목에서 책의 효용을 직접적으로 드러내고, 한 걸음 더 나아가 노골적인 광고성 문구로 앞뒤를 채웁니다. 얼마나 호평을 많이 받고 얼마나 많이 팔린 책인지 금박, 은박으로 후가공 처리를 해서 넣기도 합니다. 경제경영책 편집자는 원고 편집보다도 광고, 홍보 작업으로 능력을 평가받기도 합니다. '있어 보이게' 책을 잘 '포장'하는 편집자가 우수한 편집자로 평가받는 경향이 다른 분야보다 더 강합니다. 대체로 도서를 구매하는 데는 개인 취향이 중요하지만, 자신의 취향보다 '대세'가 무엇인지 관심이 높은 경제경영 독자에게는 '이 책이 대세다', '이 책이 가장 잘나간다'는 인식을 심어 주는 게 무엇보다도 중요합니다.

경제경영책 디자인의 특징

에세이 등의 분야에서는 도드라진 디자인이 직접적인 구매 동기가 되기도 합니다. 경제경영책에서는 디자인이 튀면 안 되고, 책의 콘셉트 및 내용과 잘 어우러져야 합니다. 디자인이 우수한 경제경영책을 보면 독자는 디자인이 훌륭하다는 생각은 별로 하지 못합니다. 독자가 디자인을 의식하지 못하지만 효과적인 시각적 편집 때문에 내용이 머리에 쏙쏙 들어오는 책이 디자인이 잘 된 책이라고 할 수 있습니다. 훌륭한 경제경영책 디자인은 독자가 디자인이 아니라 내용에 집중하게 합니다. 독자가 "디자인이 너무 좋아"라는 반응을 보이는 책보다 "사고 싶어", "무슨 책인지 한눈에 알 것 같아"라는 반응을 보이는 책이 디자인이 잘 된 경제경영책입니다. 문학성이 높은 소설 작품을 편집할 때 본문을 가독성이 높은 서체의 텍스트로만 구성하고 이미지나 색채를 일체 쓰지 않아 문장 자체에만 집중하게 하는 것과 같은 원리입니다.

경제경영책 중에는 아주 복잡한 도표와 그래프, 정교한 인포그래픽이 많이 들어간 책이 있습니다. 실력이 우수한 디자이너는 이런 책을 신속하고 효율적으로 작업합니다. 사내 디자이너가 이런 작업에 서투르거나 책 한 종에 시간을 많이 투입하기 어려우면 외주 디자이너에게 의뢰하는데, 이런 책은 작업 단가가 텍스트 위주의 책보다 훨씬 높기 때문에 일정 수준 이상 판매가 되지 않으면 출판사에 부담이 될 수 있습니다. 그래서 인력 면에서나 비용 면에서 지원을 받기 어려운 이런 시각적 편집에 편집자가 주도적인 역할을 하는 경우가 많습니다. 경제경영 저자는 대부분 프레젠테이션에 익숙하므로 저자와 협업하여 프레젠테이션의 시각적 도구를 책에 잘 녹여 낼 수도 있습니다.

함께 일을 하다 보면 눈에 띄는 디자인을 하는 것보다 책 내용을 가장 효과적으로 제시하는 디자인을 하고, 단순하고 반복적인 작업부터 최신 디자인 기법까지 능숙하게 해내는 디자이너가 가장 실력 있는 사람임을 깨닫게 됩니다. 책의 주인공은 저자, 그리고 저자가 표현하려는 사상이나 내용입니다. 편집과 디자인은 주인공을 가장 효과적으로 부각하는 장치입니다. 조연 배우나 음향 효과가 인상적일 수는 있지만, 그것이 핵심은 아닙니다. 주인공 캐릭터가 매력이 없고 뼈대가 되는 플롯이 살지 못하면 그 작품은 성공할 수 없습니다.

복잡한 도표 중심의 외서를 번역하며 원서 출판사에서 받은 인디자인 파일의 도표에 번역한 문구를 직접 입력하는 번역가가 있었습니다. 번역가가 편집 프로그램을 활용할 줄 알면 이런 식으로 도표 작업을 효율적으로 할 수 있습니다. 그렇게까지는 하지 못하더라도 아래아한글이나 MS워드로 번역문을 전달할 때 해당 문서에 도표를 만들어 전달하면 디자이너가 알아보기 쉽습니다. 종이책 원서의 도표에 한글 번역을 손으로 써넣어 전달하기도 하는데, 이런 경우 디자이너가 도표의 용어를 일일이 직접 입력하면 시간도 많이 걸릴 뿐 아니라 실수하기도 쉬워 비효율적입니다.

어린이책 편집자는 편집을 하며 인디자인 프로그램을 직접 사용하는 경우가 많습니다. 디자이너는 표지 디자인과 본문 디자인, 사진과 일러스트 편집에 집중하고, 편집자가 텍스트 입력과 수정을 직접 하면 효율성을 높일 수 있습니다. 만화 편집자들은 저자가 태블릿으로

그린 만화를 역시 태블릿의 만화 편집 프로그램으로 작업합니다. 이미지가 많은 어린이책처럼 도표가 많은 경제경영책도 저자, 번역가, 편집자가 인디자인 프로그램으로 작업하면 아주 효율적입니다. 도표 중심의 책을 시리즈로 계속 발간하는 출판사라면 저자나 번역가와 장기적인 계약을 맺고 편집 프로그램 사용법을 교육하거나 작업 공간을 제공할 수도 있습니다.

그러나 현실에서는 저자나 번역가는 물론 편집자도 인디자인 편집을 할 여력이 없습니다. 편집자의 업무가 교정교열과 편집에서 기획 중심으로 변모하면서 편집자는 당장의 편집 실무가 과중하지 않을 때에도 끊임없이 아이디어를 탐색하고 기획을 해야 하므로 시간적 여유가 없습니다. 게다가 엎친 데 덮친 격으로 SNS 홍보의 중요성이 대두되면서 홍보 콘텐츠 제작도 편집자의 주 업무가 되었습니다. 이는 모든 분야 편집자에게 공통된 현실이지만, 경제경영책의 경우 위에서 서술했듯 도표나 인포그래픽 작업에 디자이너 이상으로 개입해야 할 때도 많고, 마케터 이상으로 현장에서 직접 뛰며 책을 파는 일에 나서야 할 때도 많습니다. 편집 업무 효율화를 위해서는 편집자가 직접 인디자인 프로그램을 활용하는 게 좋지만 그보다 마케팅과 홍보 활동으로 당장 책을 많이 파는 게 더 급하므로 그런 일은 우선순위에서 뒤로 밀립니다.

편집자가 해야 할 일의 우선순위는 출판사가 처한 상황에 따라 달라집니다. 신간을 빨리빨리 뽑아내야 연명하는 하루살이 신세에서 벗어난 출판사라면 일단 직원들의 이직률을 낮추고 유능한 외주자들과 장기적인 협력 관계를 형성함으로써 미래를 위한 체질 개선을 시도할 수 있습니다. 오래 일할 수 있는 사람들이 확보되면 그만큼 회사도 사람들에게 투자할 수 있습니다. 그러면 효율적인 시스템 구축과 지속적인 교육 훈련으로 직원들과 외주자들의 직무 능력을 향상시키고 범용화된 IT 기술을 최대한 활용할 수 있는 체제를 만들 수 있습니다.

{ 4 }
경제경영책 편집자는 에디마케터?

경제경영책 편집자들은 자조적으로 서로를 '에디마케터'라고 부르기도 합니다. 문학이나 인문학 저자는 책이 출간되었을 때 (일회적인) 북콘서트나 북트레일러 제작, 서점 강연회나 사인회, 팟캐스트 등에 참여하지만, 경제경영책 저자는 강연과 강의가 도서 집필보다 더 중요한 일상 활동인 경우가 많습니다. 책이 출간되기 훨씬 전부터 저자의 강연과 교육 프로그램에 편집자가 참여하는 것은 앞서 언급했듯 녹취록으로 원고를 만들려는 목적도 있지만, 저자의 네트워크에 참여해서 나중에 그 네트워크를 발판으로 책을 적극적으로 판촉하려는 목적도 있습니다.

책 출간 후 신간 도서와 관련된 행사에 편집자가 출판사를 대표해서 참석하는 경우가 많습니다. 마케팅 부서에서 체계적으로 지원하면 좋겠지만, 한두 번도 아니고 행사가 많아지면 인력 구조상 계속해서 지원하기 어렵습니다. 한 달만 지나도 마케팅 부서에서 주력해야 할 다른 도서가 출간되어 거기에 총력을 기울이는 일이 흔합니다. 대형 출판사에서는 한 달에 주력 도서가 여러 종씩 출간되기도 합니다.

경제경영책은 판매 부수가 많지 않아도 판촉 행사와 강연이 잦은데, 마케팅 팀에 지원을 요청하기에는 기대효과가 크지 않아 담당 편집자가 계속 행사 지원을 해야 하는 상황이 발생하기도 합니다. 하지만 편집자가 고생해서 어느 정도의 수익을 거두더라도 혼자만 고생하고 회사에서의 입지에는 별로 도움이 되지 않는 경우가 종종 있습니다. 담당 편집자 외에는 사내에서 별로 관심이 없는 책을 최대한 판매하고자 저자와 함께 열심히 판촉 행사를 뛰어 손익분기점을 넘겼는데, 아무도 알아주지 않거나 더 많이 팔리는 책을 기획하라고 오히려 질책을 받으면 의욕이 떨어지기도 합니다.

단행본 출판사는 많이 팔리는 책 몇 종의 수익으로 다른 책의 손실을 메꾸는 식으로 운영되는 경우가 많아 늘 베스트셀러를 만드는 데 혈안이 되어 있습니다. 손실을 보는 책과 손익분기점을 넘기는 책이 별 차이가 없다고 보고, 모든 손실을 메꿔 줄 베스트셀러를 간절히 원하는 것입니다. 어떤 출판사가 1년에 20종을 출간했는데 평균 신간 판매 부수가 5천 부라면 가장 많이 팔린 2종을 제외한 18종의 평균 판매 부수는 2천 부인 경우가 흔합니다(1월부터 12월까지 출간한 책들의 판매 부수를 뜻합니다. 하반기에 출간된 책은 베스트셀러가 아니라면 판매 기간이 짧아 판매 부수가 낮을 수밖에 없습니다). 대부분의 출판사에서 베스트셀러를 제외하면 평균 종당 판매 부수가 몇 분의 1로 줄어듭니다. 5천 부 팔린 책이 20종 중 세 번째로 잘 팔린 책이었더라도 회사에서는 그런 책에 별로 관심이 없고, 다른 책의 손실을 상쇄할 수 있는 수만 부 이상의 판매 부수가 나오는 책을 만드는 데 모든 역량을 집중합니다.

많은 시간과 노력을 들여 5천 부를 팔 수 있는 책을 기획하기보다는 판매 사이즈가 더 커질 수 있는 다른 책을 모색하거나, 같은 공력으로 5천 부 사이즈의 책을 2종 출간할 수 있는 방법을 모색하는 게 좋습니다. 다만 일을 배우는 단계이거나, 판매 사이즈와 별도로 새로운 시장을 개척하는 의미가 있다거나, 자신이 해당 분야 전문 편집자로 성장하고자 하는 경우라면 답이 달라집니다. 회사에서는 별로 좋아하지 않아도 수천 부의 고정 수요가 있는 분야를 집중적으로 파고들어 나중에 그 세분 시장만 공략하는 1인 출판사를 창업할 수도 있습니다.

저자 인지도나 네트워크를 활용한 홍보와 판촉을 하다 보면 저자의 비서나 수행원 같은 역할을 하기도 합니다. 특히 저자의 판촉 활동이 판매에 절대적인 영향을 끼치는 재테크 도서나 동기 부여 성격의 도서가 그렇습니다. 저자의 SNS 구독자에게 도서 홍보를 하기도 하고, 저자 사업체의 행사를 지원하기도 합니다. 이런 종류의 책을 계속해서 기획하는 편집자는 책을 많이 팔아주는 저자를 보조하는 일을 기꺼이 받아들입니다. 도서 편집만 하고 싶었다면 처음부터 이런 책은 기획하지 않았을 테니까요. 이렇게 저자와 밀착해서 일하다 보면 동업이나 창업으로 이어지기도 합니다.

지방 강연을 지원하려고 장시간 운전을 하고 강연장에서 저자를 수행하며 책을 판매하는 일은 마케터가 흔히 하는 일입니다. 그런데 편집자가 그런 일을 자주 하다 보면 책을 만들 시간이 없습니다. 통상 편집자가 그런 일을 하더라도 회사에서 혹은 스스로 업무 계획을 짤 때는 도서 출간 작업 위주로만 일정을 짜는 경우가 많습니다. 편집자가 그런 행사를 여러 번 지원했더라도 그 시간만큼 하지 못한 편집 실무는 그대로 남기 때문에 무리를 해야만 다음 책의 일정을 맞출 수 있습니다. 분야별·도서별 특성을 감안하지 않으면 출간 종수로만 편집자의 업무량을 판단할 수도 있습니다. 저자와 함께 원고를 만들고 판촉 활동까지 직접 뛰어야 하는 책은 완성된 초고를 받아 편집 작업을 하고 기본 홍보 콘텐츠만 만들면 되는 책보다 몇 배의 시간이 걸립니다. 회사의 경영자와 관리자가 도서별 특성을 잘 이해하고 있어야 편집자들에게 합리적으로 일을 배분할 수 있습니다.

업무가 합리적으로 배분된다면 에디마케터가 되는 편이 낫습니다. 그냥 에디터보다는 에디마케터가 경쟁력이 높습니다. 현장을 잘 알고 주력 독자를 자주 접해야 현실성 높은 기획을 할 수 있습니다. 경제경영책 저자는 해당 출판사가 얼마나 적극적으로 얼마나 효과적인 마케팅을 할 것인가에 가장 관심이 많습니다. 그래서 편집자가 마케팅을 잘 알아야 설득력 높은 기획안으로 저자를 섭외할 수 있습니다. 인지도가 높은 저자를 섭외하는 경우가 아니라면 기획과 저자 섭외 단계부터 마케팅 부서의 협조를 얻기는 어렵기 때문입니다.

그런데 많이 팔리지 않는 책에 너무 많은 인건비가 투입되면 출판사가 수지를 맞추기 어렵습니다. 마케팅과 홍보에 공력이 많이 드는 책을 이 책 저 책 단타로 내다 보면 매우 비효율적인 구조가 됩니다. 따라서 목표 독자가 유사한 책들을 시리즈처럼 연속해서 출간하거나, 특정 저자와 지속적으로 협업하며 시간과 비용을 절약해야 합니다. 그러면 새로운 책이 출간되었을 때 이미 확보한 홍보처에 가장 효과적인 방식으로 마케팅을 펼치며 동시에 신간과 유사한 성격의 구간 도서도 다시 띄울 수 있습니다. 예측 가능한 출간과 마케팅을 하게 되면 편집자와 마케터가 효율적으로 업무를 분배하여 누구도 무리하지 않으면서 효율성을 극대화할 수 있을 것입니다.

무엇보다도 경제경영책 편집자의 마케팅은 책이 출간된 전후가 아니라 기획과 계약 단계에서 시작되는 것이 가장 큰 특징입니다.

기획 단계부터 시작되는 마케팅

다른 업계에서는 마케팅 부서에서 상품 기획을 하는 경우가 많습니다. 그러나 단행본 출판은 다품종 소량 생산이며 분야별 전문성이 높아 대개 개발 부서인 편집부에서 제품 기획을 담당합니다. 기획 단계부터 마케팅을 한다는 게 어떤 걸까요? 출판의 전 분야에서 인지도만으로 많은 도서 판매를 가능케 하는 유명 저자를 섭외하는 것이 마케팅에 가장 큰 도움이 됩니다. 이 장에서는 그런 차원을 넘어 편집자가 처음부터 아예 마케팅에 참여하는 경우를 다룹니다.

대표적인 유형은 적극적으로 판촉을 하는 저자와 제휴하는 것입니다. 경제경영 분야에는 활동의 무게중심을 책 판매보다 강연, 교육, 컨설팅 등에 두는 저자가 다른 어떤 분야보다 많습니다. 기획 단계부터 마케팅을 하는 편집자는 이런 저자와 처음부터 어떤 마케팅과 홍보·판촉을 벌일지 상세하게 논의합니다. 저자의 네트워크와 고객사의 수요 등을 통해 판매 사이즈를 대략 가늠할 수도 있습니다.

일반 기업은 사전에 수요를 최대한 파악하고 상품을 기획합니다. 단행본 출판사는 다품종 소량 생산이라 리스크가 분산되고 불특정 다수를 대상으로 해 이런 과정을 대개 생략하지만, 경제경영책의 경우 일반 기업처럼 비교적 자세히 수요를 추정해서 기획과 제작이 이루어지는 비율이 다른 분야보다 더 높습니다.

시간과 비용을 들여 정교하게 수요를 추정하고 제품을 만드는 게 좋을지, 뜸을 들이기보다는 경험과 직관에 기반해 여러 번 시도하는 게 더 나을지는 비용 구조나 기획 역량에 따라 출판사마다 다릅니다. 시행착오 비용이 낮다면 여러 번 시도하고 시장의 냉정한 평가에서 배우는 것이 가장 확실합니다. 그리고 그렇게 얻은 시장에 대한 지식과 노하우를 편집자 개인의 경험으로만 남겨 두지 말고 계속 사내에 공유하고 축적해 나가야 합니다. 개인이 각개 전투를 하며 혼자 내공을 쌓는 것보다 여러 명이 지식과 노하우를 공유하며 성장하면 실력 향상이 훨씬 수월해집니다. 그러한 지식과 노하우가 체계적으로 잘 축적된 출판사에서 일하면 혼자 힘으로는 할 수 없는 많은 일을 할 수 있고, 어느 순간 그것은 단지 출판사의 자산이 아니라 자신의 실력이 됩니다.

예전에는 기업에서 교육용으로 경제경영책을 대량 구매하는 일이 많았습니다. 국내 저작물뿐 아니라 외국 도서도 화제작이나 내용이 검증된 책을 구매했습니다. 도서 구매를 넘어 저자나 번역가를 강사로 초청해서 사내교육을 하기도 했습니다. 지금은 기업체 대량 구매가 빈도나 부수 면에서 크게 줄었지만, 그래도 기업교육 수요는 경제경영책 시장에서 큰 비중을 차지합니다. 그러므로 기획 단계부터 교육 수요가 있는 콘텐츠, 강연과 교육으로 지속적인 수요를 창출하는 저자를 확보하는 것이 여전히 중요합니다.

과거에는 경제 단체를 중심으로 CEO 조찬 특강이 활발하게 이루어졌습니다. 출판사는 자사 책을 홍보하려고 그런 조찬 특강에서 홍보용 도서를 수천 부씩 무료로 증정하기도 했습니다. 지금은 그 효과가 크게 줄어들었습니다. 이제는 경제 단체 특강이나 홍보용 도서 증정 이후 판매가 크게 느는 일이 별로 없습니다.

그뿐 아니라 각 경제 단체의 '올여름 휴가 때 CEO가 읽을 책'에 선정되어도 판매가 크게 늘지 않습니다. 경제연구소에서 특정 책에 대해 특강을 해도 강사가 파워포인트 문서 십여 쪽으로 핵심만 정리해서 배포합니다. 예전에 한 미국의 출판업자가 경제경영책 중 실제로 읽히는 책은 20퍼센트에 불과하다고 말한 적이 있습니다. 바쁜 CEO와 직장인은 두꺼운 경제경영책을 사 놓고도 끝까지 읽지 못하는 경우가 많습니다. 그래도 예전에는 읽으려는 의지는 있었던 것 같은데, 지금은 경제연구소의 특강이나 십여 쪽의 프레젠테이션 자료로 만족하고 애초에 책을 사지 않는 사람들이 많은 것 같아 안타깝습니다.

납품용 도서와 기업 경영자의 저서

과거 정치인의 출판기념회는 정치자금 모금 창구였습니다. 책을 정가에만 사도 그 정치인에게 도움이 되는데, 현장에서 책값의 수십 배, 수백 배의 현금을 직접 전달하는 일이 비일비재했다고 합니다. 지금은 정치인 출판기념회의 폐해가 많이 알려져서 웬만한 출판사는 이런 일을 꺼립니다. 물론 정치자금과 별개로 정말 많이 팔릴 것 같은 정치인의 책은 이름 있는 출판사도 적극적으로 섭외에 나섭니다. 한편 세상의 지탄을 받는 정치적 인물이 쓴 신뢰성이 의심스러운 화제작은 잘 알려지지 않은 브랜드로 출간되는 경향이 있습니다. 정치인들은 경제경영 분야에서 인지도가 높은 출판사를 선호하고, 책 내용도 정치경제학이라 할 만한 경우가 많아 경제경영 출판사가 정치인의 저서를 많이 출간해 왔습니다.

정부 기관이나 공공단체에서 책을 출간하려고 출판사 대상으로 공모를 하면 거기에 응모해서 선정되기도 합니다. 기업에서 사내교육용으로 필요한 콘텐츠라며 요청하기도 하고, 경영자의 철학을 다룬 책을 만들어 달라고 요청하기도 합니다. 납품용 책을 전문적으로 만드는 출판사도 있습니다. 하지만 그렇지 않은 출판사도 1만 부 이상 판매가 보장되면 적극적으로 임하는 경우가 많습니다. 요즘처럼 시장이 침체된 시기에는 5천 부 정도 판매가 보장되며 비용과 시간이 많이 들지 않는다면 달가워할 출판사가 많을 것입니다.

하지만 이런 납품용 책을 만드는 것은 편집자들이 별로 좋아하지 않습니다. 스스로 기획한 책도 아니고, 대체로 내용이 전문적이고 딱딱하거나 콘텐츠의 가치가 미심쩍기 때문입니다. 발주처에서 원고를 전달하지 않고 출판사에서 대필 작가나 전문 작가를 섭외해서 원고부터 만들어야 한다면 업무 난도도 높고 진행 과정에서 갖가지 어려움에 부딪히기도 합니다. 그렇지만 이런 책은 회사에 확실한 매출과 수익을 안겨 주기 때문에 사업적으로는 큰 도움이 됩니다.

회사는 대체로 이런 책을 편집 역량과 문제 해결 능력이 우수한 편집자에게 맡깁니다. 편집 역량이 미숙하거나 문제가 생길 때 잘 대처하지 못하는 편집자에게 맡기면 진행이 어렵고 일이 아예 무산되기도 하기 때문입니다. 이런 책은 편집 단계마다 출판에 대해 전혀 모르는 발주처의 승인을 받아야 하고 납품 기일을 맞추는 게 대단히 중요하므로 야근과 주말 근무를 해야 하는 것은 물론 정신적인 스트레스도 심합니다.

경영자와 마케터는 이런 일을 잘 해내는 편집자를 높이 평가합니다. 출판사와 달리 보통의 제조업체에서는 주문을 받아 제작하고 납품하는 일이 일반적입니다. 그래서 이 일을 하면서 받는 스트레스는 일반 직장의 회사원이 받는 스트레스와 유사합니다. 편집자들은 납품용 도서 작업을 기피하는 경향이 있지만, 경제경영 분야 편집자는 자발적으로 납품 수요가 있는 책을 기획하거나 자원해서 맡는 경우도 흔히 있습니다. 할당된 매출

목표를 달성하기 위해서이기도 하고, 경제경영 편집자 스스로 재무적 목표를 성취하는 걸 중시하기 때문이기도 합니다.

발주처가 납품 부수를 확정하지 않더라도 납품이 많을 거라고 예상해서 출간 계약을 하기도 합니다. 한 대기업 회장과 도서 계약을 하며 기본 수요(납품 부수)가 어느 정도인지 여러 번 물어본 적이 있습니다. 저자 측에서는 부수에 대해서 전혀 언급하지 않았습니다. 그는 사주가 아니라 외국계 기업의 전문경영인이었습니다. 전문경영인이나 주요 임원 출신이 책을 내면 해당 기업이나 주위 인맥이 책을 어느 정도 사 주는데, 간혹 판매가 미미한 경우도 있습니다. 출판사에서 대필 작가를 섭외해서 원고 작성부터 책임져야 하는 책인데, 납품 부수가 확실하지 않고 전문경영인이라 언제까지 회장을 역임할지도 불확실했습니다. 시간과 공력이 아주 많이 들어갈 책이고, 엄청난 스트레스를 감내해야 하며, 중간에 엎어지기도 쉬운 일이었습니다. 그러나 당시 그는 '샐러리맨의 성공 신화'였고, '안 되면 되게 하라'는 사고방식의 소유자였습니다. 본사가 외국에 있는 기업인데 당시 실적이 매우 좋아 본사의 간섭에서 비교적 자유로울 것으로 판단되었습니다. 그는 손대는 일은 수단 방법을 가리지 않고 무조건 성공시켜야 하는 유형의 사람이었으므로 자신의 책이 존재감 없이 미미한 판매로 끝나게 내버려 두지 않을 것이 확실했습니다. 우여곡절 끝에 책이 출간되었을 때, 역시나 그는 온갖 방법을 동원해서 책을 팔았습니다. 전방위적인 인맥을 활용하는 것은 물론, 직원을 조직적으로 동원하고, 거래처를 압박했던 것 같습니다. 그 책은 아주 짧은 기간 동안 대형 온라인서점 종합 1위를 기록했고, 10만 부 이상 판매되었습니다.

'인세' + '판매 수수료' 형태의 계약

저자를 통해 책이 판매되는 경우 출판사가 판매 수수료를 지급한다는 조항을 계약서에 넣어 줄 것을 요구하는 저자가 있습니다. 출판사는 저자가 자기 책을 직접 구매할 경우 통상 정가의 70퍼센트 금액에 공급합니다. 그렇게 할인받아 구입한 책을 독자에게 정가를 받고 팔아도 출판사는 알 수 없습니다. 지속적으로 자신의 저서를 수십 부씩 구매하는 저자들이 있는데, 아마도 자신의 사업체에서 판매하는 것 같습니다. 사업체를 운영하지 않는 저자의 경우 도서 보관이나 택배 발송 등의 부담 때문에 판매와 배송은 출판사가 알아서 하되 자신에게 수수료를 지급해 달라고 요청하기도 합니다.

판매 수수료는 저자 할인율에 맞추어 판매 금액의 70퍼센트를 공제하고 나머지를 지급하겠다고 계약하는 경우가 있습니다. 즉 저자가 거래처에 정가에 판매하면 30퍼센트의 수수료를 받고, 90퍼센트 금액에 판매하면 20퍼센트의 수수료를 받는 식입니다. 그렇게 되면 통상 정가의 10퍼센트인 인세보다 더 높은 판매 수수료를 얻을 수 있습니다.

그러나 이 방식은 도서의 주요 판매처인 서점에서의 판매를 크게 위축시킬 수 있어, 저자를 통한 판매 외 대중적 판매가 어려울 것 같은 도서가 아니라면 출판사에서 선호하지 않습니다. 출판사를 비롯한 제조업체는 고객 서비스 차원에서 자사 쇼핑몰을 운영하며 제품을 판매하기도 하지만, 대부분의 거래는 대형 유통점에서 이루어지길 바랍니다. 대형 유통사와의 관계와 베스트셀러 순위가 중요하기 때문입니다. 도서 판매 시스템이 구축되어 있지 않고 최소한의 인력으로 운용되는 작은 출판사에서는 구입 부수가 많지 않다면 구매 건을 일일이 사람 손으로 처리하는 게 더 부담이 될 수도 있고, 관리가 잘 안 될 수도 있습니다. 그래서 최소 구입 부수를

10부나 50부 정도로 제한하거나, 판매 수수료도 판매 금액에서 80퍼센트 정도를 공제한 금액으로 맞춥니다.

저자를 통해 책을 구매하는 사람은 책을 정가나 정가의 90퍼센트 정도에 구입합니다. 온라인서점에서 구입하면 10퍼센트 할인 혜택에 포인트도 적립되는데, 왜 저자에게 직접 구입할까요? 물론 저자의 교육을 받는 수강생이 자연스럽게 수강료와 함께 도서 대금을 지불하기도 하고, 경제경영책은 개인이 아닌 회사나 단체에서 구매하는 경우가 많아 비용에 민감하지 않은 경향도 있습니다.

최악의 사례는 저자가 영향력을 행사하는 거래처에 강매하는 것입니다. 한 신문사의 산업부 기자와 출간 계약을 한 적이 있습니다. 계약할 때부터 판매 수수료가 주된 이슈였습니다. 나중에 책이 출간되고 나서 보니 저자가 자신의 출입처에 강매하다시피 책을 판매하는 것 같았습니다. 처음부터 그럴 의도로 출간 계약을 한 듯했습니다. 그 책은 1만 부가량 판매되었습니다. 상사의 지시로 선택의 여지 없이 진행한 책이지만, 책을 강매당한 회사들에서 제가 소속된 출판 브랜드의 이미지가 나빠졌을 거라는 생각을 지울 수가 없었습니다.

기관과의 제휴

경제경영 출판사들은 외부 기관과 적극적으로 제휴하기도 합니다. 컨설팅 업체, 기업 교육 기관, 경제 단체, 경제경영책 저자 그룹과 제휴해서 지속적으로 관련 도서를 출간하며 동일한 시장과 독자를 대상으로 저자 측은 강연·컨설팅·교육 수요, 출판사는 도서 출판과 홍보 역할을 분담하며 동반 상승 효과를 누립니다. 이런 기관 제휴는 회사 대 회사 차원에서 이루어지므로 편집자의 역량을 넘어섭니다. 물론 편집자가 먼저 이런 사업 기회를 포착한 후 회사에 건의해서 승인을 받고 회사의 전폭적인 지원 아래 제휴가 성사되는 경우도 있습니다.

제가 재직했던 출판사 중 하나는 미국의 유명 리더십 업체의 한국 지사를 통해 여러 베스트셀러를 독점적으로 확보하며 기본 수요가 확실한 경제경영책들을 출간했습니다. 콘텐츠의 가치를 극대화하며 최대한 수익성을 높이는 이런 방식은 책 한 종 출간하고 그 책을 팔려고 각고의 노력을 기울이고 다음 책을 출간하며 다시 맨땅에 헤딩하는 방식보다 훨씬 효과적입니다.

회사 차원에서 인지도 높은 기관과 지속적으로 제휴하는 게 효과적이지만, 편집자 차원에서 개별 책에 대해 제한적인 제휴를 추진할 수도 있습니다. 저는 오래전에 초판이 출간된 외서를 계약한 적이 있습니다. 부담 없는 적은 분량으로 경영관리의 기본을 다룬 책인데, 저자의 유명세나 특별한 화제성은 없었지만 꾸준히 좋은 반응을 얻으며 개정판이 출간된 책이었습니다. 경쟁이 전혀 없었으므로 최저 수준의 선인세로 계약했습니다. 그런데 내용이 아무리 좋아도 화제성이 없는 오래된 구간을 팔기는 어렵습니다. 저는 한 리더십 교육업체를 찾아가 번역을 의뢰했습니다. 새로 생겨 인지도가 낮은 업체였기 때문에 자사를 홍보하고 콘텐츠를 확보하려고 해당 책의 번역을 맡아 줄 수도 있을 거라고 생각했습니다. 다행히 해당 업체 대표도 내용이 좋다고 생각했는지 자사 팀장과 책을 공동 번역하기로 수락했습니다. 그들은 그 책을 번역함으로써 자신들의 경력에 신뢰성을 더하고, 자사를 홍보할 수 있었습니다. 그 책의 독자가 바로 그들의 잠재 고객이었기 때문입니다. 그들은 책을 번역하며 그 내용을 기반으로 고가의 임원 리더십 교육 프로그램을 만들었습니다. 그 책은 그 업체를 통한 홍보와 교육 수요 덕택에 1만 부 이상 판매되었습니다. 저렴한 투자비에 비해 상당히 좋은 성과였습니다.

6

저자는 어떻게 섭외할까?

경제경영책 편집 전반에 익숙해지고 마케팅에도 적극적으로 참여하다 보면 경제경영책을 기획할 수 있는 안목과 노하우가 생깁니다. 어떻게 콘텐츠를 탐색하고 저자에게 접근해야 할까요?

인지도와 상업성이 높은 저자를 섭외하거나 그런 외서를 기획하는 것은 경제경영책뿐 아니라 다른 분야에서도 기획자의 역량만으로는 무척 어려운 일입니다. 브랜드 인지도가 높고 자금력이 풍부한 출판사에 재직하고 있지 않다면 인기 작가를 섭외하거나 대형 외서를 기획할 기회 자체를 얻기 어렵습니다.

대형 출판사에 재직하고 있다고 해도 기획자 차원

에서는 유명 국내 저자를 섭외하기 어려운 경우가 많습니다. 유명 저자는 출판사 대표와 친분이 있는 경우가 많고, 잘 모르더라도 대표가 직접 움직일 때 섭외 가능성이 높아집니다. 물론 국내 저자가 규모가 크고 자금력이 있는 회사만 선호하는 것은 아닙니다. 언론인이나 사회활동가 출신 대표는 인맥이 넓어 신생 출판사이거나 규모가 작은 출판사라도 저명한 지식인을 저자로 섭외하는 경우가 흔합니다. 저술 작업은 신념과 사상, 지식을 총결산하는 일이라 자신이 잘 알고 신뢰할 수 있는 사람이 운영하는 출판사에서 책을 출간하는 것이 일반적입니다.

기획안이나 편지를 정성스럽게 써서 이메일로 전달하거나 저자가 관심이 있을 만한 소속 출판사의 책을 택배로 보낸 후 전화를 해 보면 답변을 받지 못하거나 정중한 거절의 뜻을 전달받는 경우가 많습니다. 인지도 있는 저자보다 출판사 숫자가 훨씬 많은 현재의 상황에서는 이런 실패에 좌절하지 말아야 합니다.

섭외하고 싶은 저자가 좋아할 만한 책의 추천사를 의뢰하며 접촉하기도 했습니다. 그렇게 추천사 섭외에 성공하고 향후 도서 기획도 논의하게 된 일이 여러 번 있었습니다. 단 추천인이 될 정도의 저자는 여러 출판사와 인연이 있고 1~2년의 도서 출간 계획이 이미 잡혀 있는 경우가 많기 때문에 시간적 여유를 두고 수년간 관계를 이어 가야 실제로 도서 출간까지 이어질 수 있습니다.

제가 한 출판사에 평균적으로 재직한 기간은 4~5년 정도로 업계 평균인 2.9년보다 긴 편이었지만, 퇴사하기 1~2년 전에는 제가 기획한 책이 출간될 때 제가 회사에 남아 있을지 알 수 없어 직원 차원에서 기획하고 저자를 섭외하는 데 한계를 많이 느꼈습니다. 그래서 저는 관리 업무가 너무 많아 편집 실무를 하기 어렵거나 퇴사를 고려하고 있을 때는 국내서 기획보다 외서 기획에 더 치중했습니다.

기획자의 역량을 키우려면 좋은 저자를 많이 확보하고 있는 출판사, 대표의 인맥이 넓고 대표가 적극적으로 저자를 섭외하는 출판사에 입사해서 경력을 쌓는 것이 좋습니다. 유명 저자, 실력 있는 저자가 처음 보는 기획자를 믿고 도서 출간 계약을 하기는 어렵기 때문입니다. 대형 출판사라고 해서 기획자의 역량을 키우기가 수월한 것은 아닙니다. 대형 출판사는 내부에서 편집팀과 편집자끼리도 경쟁이 치열하기 때문입니다. 맡은 역할에 따라 수동적인 작업만 할 수도 있습니다.

좋은 저자가 많은 출판사에 입사해서 인맥을 쌓고 저자의 신뢰를 얻는다면 그 저자를 통해 다른 저자를 소개받을 수도 있고, 유명 저자의 저서를 작업해서 성공했다는 경력이 또 다른 좋은 저자를 섭외할 수 있는 배경이 됩니다. 처음에는 출판사의 능력으로 성장하지만 점차 기획을 주도하고 저자의 신뢰를 얻으면서 기획자의 역량을 갖추게 됩니다.

회사에서 그런 기회를 얻기 어려우면 더 좋은 경력을 쌓을 수 있는 회사로 옮기거나, 회사의 배경에 기대지 않아도 섭외할 수 있는 무명 저자나 초보 저자를 섭외해서 좋은 성과를 이끌어 내기 위해 노력할 수 있습니다. 저도 신인을 섭외해 출간한 데뷔작이 베스트셀러가 되고, 회사에서 별로 주목하지 않았던 투고 원고를 잘 다듬어서 출간해 청소년 권장도서로 선정된 경험이 있습니다. 그러나 이것도 쉬운 일은 아닙니다. 무명 저자나 초보 저자의 원고도 콘셉트가 괜찮으면 여러 출판사가 경쟁에 뛰어들기 때문입니다.

유명 저자, 베스트셀러 작가는 기획자가 비슷한 규모, 비슷한 브랜드 인지도의 출판사로 이직하지 않는다면 해당 출판사를 그만두면서 관계가 끊어지는 경우가 많습니다. 규모와 매출이 비슷한 회사로 옮겨도 출간 방향이나 맡은 분야가 달라지면 예전에 함께 일했던 저자와 인연이 끊어집니다. 업계에서 소문난 기획자가 창업하더라도, 그동안 우호적이었던 저자가 많이 팔릴 만한 원고는 대형 출판사에 주고 소품 성격의 원고만 기획자가 창업한 회사에 맡기는 경우가 많습니다. 입장을 바꾸어 보면 당연한 일입니다.

회사 차원에서는 별로 주목하지 않지만 편집자와 저자가 잘 협업하면 좋은 성과를 거둘 수 있는 도서를 정성껏 만들어 저자의 신뢰를 얻으면 회사를 옮기든 창업을 하든 해당 저자와 지속적인 파트너십을 유지할 수 있습니다. 특히 창업을 염두에 둔다면 여러 경제경영책 영역 중 특정 분야의 전문성을 키워 해당 분야 저자와 집중적으로 인맥을 쌓고 성공 경험을 축적하여, 처음 작업하는 저자도 기획자의 전문성을 믿고 기꺼이 원고를 맡길 수 있는 실력과 평판을 갖추는 게 현명한 전략입니다.

화제의 인물과 화제의 회사

경제경영 분야뿐 아니라 문화산업 전반에서 유명 인사와 화제의 회사를 섭외하거나 화제의 트렌드를 문화 상품으로 만드는 일은 결정적으로 중요합니다. 대형 출판사에서는 이 분야 사업을 경영진 차원에서 중점 사항으로 추진하거나 전담팀을 운영하기도 합니다. 경제경영 분야에서는 화제의 비즈니스 인물이나 성공 기업 등을 섭외해 책을 만드는데, 화제의 인물은 시대의 흐름에 따라 기업가, 창업가에서 홈쇼핑 쇼호스트, 유튜브 크리에이터 등으로 변모해 왔습니다.

성공적인 사업체에 관한 책은 사업 모델과 경영 방식을 집중적으로 분석한 전형적인 경제경영책으로 만들 수도 있고, 대표의 개성 및 경영 철학을 다룬 경영 에세이로 만들 수도 있습니다. 최근에는 사업 모델 중심의 책도 에세이처럼 편안하고 감성적인 문체와 디자인으로 만들기도 합니다.

대표가 화제성이 높은 인물이라면 대표 중심의 에세이 형태가 상업성이 더 높습니다. 개인적인 경험을 드러내며 이야기하듯 독자에게 접근하는 방식이 가장 호소력이 높을 수밖에 없습니다. 그러나 사업 모델 중심으로 이야기를 풀어 갈 때는 전형적인 경영서 형태인지, 에세이 형태인지는 크게 중요하지 않은 듯합니다. 얼마나 내실 있고 화제성이 높은 내용인지가 책의 성패를 좌우합니다. 경제경영 독자는 대체로 목적 지향적인 실용적인 독자이기 때문입니다. 부드럽고 편안한 문체나 세련된 디자인에만 초점을 맞추면 오히려 내용이 부실한 책으로 보일 수도 있습니다. 책의 내용과 주제를 가장 효과적으로 전달하는 편집이 중요합니다.

과거에는 이 분야에서 대형 베스트셀러가 나오곤 했습니다. 하지만 요즘은 경제경영 분야 베스트셀러에 그칩니다. 비즈니스에서 성공한 사람이나 기업이 더 이상 이 시대의 영웅이 아니기 때문입니다. 그렇더라도 섭외 경쟁은 치열합니다. 화제의 비즈니스 인물과 회사에는 경제경영 분야에서 인지도가 높은 출판사가 앞다투어 출간을 제안하기 때문에 정성 들인 기획안과 적극적인 프레젠테이션이 필요합니다. 출판계는 아래아한글 문서를 애용하지만, 이 분야에서는 파워포인트로 시각적인 효과를 강조해서 기획안을 작성합니다.

기획안에서 가장 중요한 부분은 집필자와 마케팅입니다. 앞서 언급했듯 해당 기업을 잘 아는 학자나 기자가 쓰는 게 가장 좋습니다. 기업 대표가 직접 집필하는 경우도 원활한 진행을 위해 기자와 공저하는 것이 무난합니다. 경제경영 전문 저자를 다수 확보한 출판사는 이런 작업을 조율하기가 매우 수월하며, 기존 저자를 통해 이런 기업 관련 아이템을 제안받는 경우도 많습니다.

처음부터 인맥으로 섭외가 되면 여러 출판사와 경합하지 않아도 되고, 작업 진행도 훨씬 순조롭습니다.

얼마나 효과적이고 적극적으로 마케팅을 펼칠지도 관건입니다. 유명 자기계발 저자의 경우는 텔레비전 광고 등 구체적인 광고 조건을 계약에 명시할 것을 요구하기도 하지만, 기업체는 출판사의 비용과 손익 구조를 뻔히 알기 때문에 그렇게까지 무리한 조건을 요구하는 경우는 별로 없습니다. 일반적인 마케팅에 대해서는 저자 측이 잘 알고 있으므로 출판 마케팅에 특화된 부분 위주로, 저자 측과 공조하여 효과를 극대화할 수 있는 홍보와 마케팅 방법을 상세하게 밝혀 구체적으로 마케팅 기획안을 작성하는 것이 좋습니다.

이 분야의 책으로는 '배달의민족'의 브랜딩을 다룬 『배민다움』, 넷플릭스 공동 창업자인 마크 랜돌프가 쓴 『절대 성공하지 못할 거야』, 『디즈니만이 하는 것』, 『마켓컬리 인사이트』, 『파타고니아, 파도가 칠 때는 서핑을』 등이 있습니다. 이 분야 외서는 선인세가 너무 높아 수익을 내기가 어려웠지만, 경제경영책 시장이 장기간 축소되면서 요즘은 비교적 합리적인 수준으로 계약할 수 있게 된 듯합니다.

국내서든 외서든 창업자나 현재 CEO가 집필하거

나, 다른 저자가 집필하더라도 해당 기업이 공식적으로 지원하는 책을 출간해야 '정품'으로 인정받습니다. 그런 만큼 섭외가 어렵거나 선인세가 높습니다. 아직 '정품' 이 나오지 않았다면, 혹은 '정품'이 나온 지 오래되었는데 해당 기업이 새롭게 주목받고 있다면 해당 기업과 상관없는 경제경영 전문 저자가 집필한 책을 계약하는 것도 좋습니다. 내용이 아무리 좋아도 '정품'의 판매에는 미치지 못하는 경우가 많지만, 낮은 비용과 노력에 비해 효과가 높은 의도적인 '2위 전략'이라고 할 수 있습니다. 특히 브랜드 인지도가 아직 낮은 출판사라면 적극적으로 그런 전략을 취하는 것도 좋습니다. 영미권이나 일본, 독일 등에는 전 세계적으로 유명한 기업이나 기업가, 새롭게 주목받는 사업 모델에 대한 책이 다수 출간됩니다. 내용이 우수하면서도 선인세가 높지 않은 책을 잘 골라 계약하면 좋은 성과를 거둘 수 있습니다.

섭외하고 싶은 저자가 있다면 일단 만나라

어떤 분야든 기획 아이디어는 평소의 관심사에서 나옵니다. 경제경영책에 관심이 있으면 시중의 도서들을 보다가 주목할 만한 저자를 발견하고 그 저자의 집필 방향과 관심 분야에 맞춰 좋은 아이템이 떠오르면 접촉을 시도합니다. 이런 방식으로 섭외하는 경우에는 소속 출판사가 경제경영 분야에 상당한 인지도가 있어야 성사 가능성이 있습니다. 이미 좋은 경제경영책을 성공적으로 출간한 저자라면 여러 출판사에서 제안을 하기 때문에, 그 출판사에서 최근에 나온 책에 주목한 경험이 있어야 편집자의 제안을 진지하게 고려해 볼 것이기 때문입니다.

기획안이 중요하기는 하지만, 전문 분야에 대해 저자의 생각을 잘 모르는 상태에서 편집자 혼자 완성도 높은 기획안을 작성하기는 어렵습니다. 또한 기획안의 완성도보다 저자의 의향이 훨씬 중요합니다. 자칫 잘못해서 저자가 집필할 생각이 없는 아이템을 제안하면 단번에 거절당할 수도 있습니다. 그래서 저는 섭외하고 싶은 저자에게 연락할 때 저자의 활동에 주목해 왔다고 밝히며 구체적으로 찬사를 보낸 후 어떤 책을 함께 작업하고 싶은지는 밝히지 않은 채 잠시만 시간을 내 주면 찾아가 이야기하겠다고 하곤 했습니다.

저자가 대학 교수인 경우 대학으로 찾아가고, 회사원이나 사업가인 경우 회사 근처로 찾아간다고 하면 새로운 저서 집필에 관심이 있는 저자는 부담 없이 30분에서 한 시간 정도만 시간을 내면 되기 때문에 모르는 기획자에게도 시간을 내 주는 경우가 종종 있었습니다. 처음 만난 사람과 식사하는 걸 어색해하는 사람도 있지만, 시간 절약을 중요하게 생각하는 사람은 밥을 먹으며 이야기하는 것을 선호하기도 합니다. 저도 그런 편이기 때문에 저자의 성향을 가늠해서 간단히 식사를 하면서 이야기하자고 제안했습니다. 특히 대학교 식당은 붐비는 시간대만 피하면 넓고 조용하고 가격도 저렴하고 식사 후 교정을 산책할 수도 있어 제가 선호하는 공간입니다.

미팅이 성사되면 그제야 간략한 기획안을 작성했습니다. 성사 가능성이 높은 경우에만 기획안을 작성하면 업무 시간을 10분의 1로 줄일 수 있습니다.

저자 섭외는 실패하는 경우가 더 많습니다. 이메일이나 SNS로 연락하면 아예 답을 받지 못하는 경우가 가장 많습니다. 거절 메일이라도 회신을 받으면 정말 감사한 일이지요. 정성스러운 거절 메일에 감동을 받은 적도 여러 번 있습니다.

미팅을 하면서 분위기를 보아 기획안을 꺼내 전달하기도 하고, 이야기의 흐름에 따라 즉석에서 기획의 방향을 바꾸어 제안하기도 했습니다. 어떤 저자는 미팅 자리에서 자신이 쓰고 싶은 책이 있다고 밝히기도 합니다. 책을 여러 종 출간한 저자일수록 시장 감각도 좋고 자신의 강점을 살릴 수 있는 주제를 잘 압니다. 저자가 제안한 주제가 편집자가 생각하기에도 괜찮으면 가방에 넣어 둔 기획안을 꺼내지 않고 새로운 주제에 대해 대화를 이어 갑니다.

어떤 저자는 미팅에 응하지 않고 출판사가 의도하는 책이 무엇인지 구체적인 기획안을 달라고 요청합니다. 이런 경우에는 자세한 기획안을 작성해서 전달해도 성사되는 경우가 거의 없었습니다. 저자가 책을 집필하려면 헌신적인 노력과 독창적인 관점이 필요합니다. 다른 사람이 제시한 기획안을 그대로 실현하기란 아주 어려운 일입니다. 간혹 아이디어가 고갈된 경제경영 저자가 그럴듯한 기획안만으로 출판사와 계약을 하기도 하는데, 이 경우에는 몇 년이 흘러도 원고가 나오지 않거나 집필하더라도 내용이 빈약했습니다.

경제경영책의 원천 콘텐츠

이미 책을 출간했던 저자를 섭외하거나 화제의 인물이나 기업 스토리를 책으로 만들고자 하는 경우가 아니더라도 뭔가 콘텐츠가 있어야 그걸 보고 가능성을 타진한 후 저자를 섭외할 수 있습니다. 경제경영책으로 만들어지는 원천 콘텐츠로는 다음과 같은 것이 있습니다.

SNS, 팟캐스트, 유튜브 콘텐츠

SNS 서비스 중 경제경영 콘텐츠는 많은 내용을 축적해야 하는 특성 때문에 주로 블로그나 카페에 있습니다. 네이버 블로그, 다음 카페, 티스토리 등이 있고, 외국 생활 경험이 있는 저자나 IT 관련 저자는 워드프레스Word-Press를 선호하기도 합니다. 이런 매체에는 많은 내용을 주제별로 수록할 수 있어 저자가 콘텐츠를 축적하며 대중의 반응을 살피는 데도 유리하고, 기획편집자가 살펴보며 책을 기획하기에도 적합합니다. 경제경영 오피니언 리더 상당수가 이런 블로그를 체계적으로 운영하고 있습니다. 재테크 분야 저자가 이런 매체를 사업적으로 가장 잘 활용합니다. 재테크 분야 저자는 오프라인 교육이나 모임도 활발하게 전개하며 온라인과 오프라인의 강점을 결합합니다. 이 분야 저자는 자신의 인지도와 영향력, 네트워크로 책을 판매하기 때문에 출판사에 대한 의존도가 낮습니다. 유명 출판사라면 더 좋겠지만, 신생 출판사에서 출간하더라도 판매에 큰 불편이 없으므로 개인적으로 관계가 있는 출판사에서 출간하거나 아예 출판사를 창업하기도 합니다.

처음부터 이용자를 저자로 만들겠다는 구상에서 출발한 '브런치' 서비스를 통해 많은 신인 작가가 책을 출간했습니다. 브런치에서 출판사와 제휴하여 도서 출간을 장려하기도 하고, 브런치의 조직적인 지원과 별개로 조회수가 높고 필력이 좋은 브런치 저자는 여러 출판사에서 출간 제안을 받습니다. 브런치에는 특정 주제를 지속적으로 다루는 연재 성격의 가독성 높은 글이 올라오므로 도서로 출간하기에 용이합니다. 물론 그것은 처음부터 도서 출간을 염두에 두고 브런치에 글을 연재하는 사람이 많기 때문이기도 합니다. 회사 생활의 고충이나 처세법, 직장인의 자기계발이나 실무를 다룬 글이 많아 브런치에 기반한 경제경영책이 다수 출간되었습니다.

최근에는 많은 경제경영책의 저자가 팟캐스트나 유튜브 방송 활동에 중점을 두고 있습니다. 기성 방송 매체나 경제 기자도 팟캐스트와 유튜브 채널을 개설해서 각종 이슈를 파고들고, 경제경영 오피니언 리더를 초청해서 대담을 진행합니다. 요즘에는 어느 분야나 그렇듯, 조회수가 높은 경제경영 유튜브 방송만 살펴봐도 인기 있는 저자와 화제가 되는 이슈를 한눈에 파악할 수 있습니다.

SNS와 팟캐스트, 유튜브 방송으로 이미 유명해진 저자를 섭외하는 것은 유명 출판사의 편집자라 해도 쉽지 않은 일입니다. 최근에 유사 분야 베스트셀러를 출간한 출판사나 편집자라면 저자의 신뢰를 얻는 데 유리합니다. 저자에게 어떤 이점을 제공할 수 있는지 잘 판단해서 그 점을 어필해야 합니다. 브랜드 인지도가 최고 수준인 출판사라면 저자가 그 부분을 이점으로 여길 수도 있습니다. 아니면 효과적인 마케팅이나 효율적인 편집 작업을 이점으로 내세울 수도 있습니다. 실리적이고 계산이 빠른 경제경영 저자를 설득하려면 화려한 계획보다는 실현 가능성이 높은 구체적인 기획안을 제시해야 합니다.

광범위하고 깊이 있게 경제경영 이슈를 다루며 방대한 콘텐츠가 지속적으로 쌓이는 채널이라면 장기적인 협력 관계를 이점으로 제시할 수도 있습니다. 한 종이 아니라 여러 종의 시리즈를 만들어 가기로 합의하면 서로 시간과 비용을 줄이고 효과를 극대화할 수 있기 때문입니다.

칼럼, 대학 강의, 대중 강연 등

전통적으로 각종 매체에 연재하는 대중적인 칼럼은 출판의 소재가 되어 왔습니다. 내용이 독창적이고 독자의 반응이 좋다면 저자에게 해당 칼럼에 기반한 책 출간을 제안합니다. 그러나 칼럼은 단편적인 주제가 병렬식으로 연결된 구조이고 지면의 한계 때문에 주제를 깊이 있게 다루지 못하므로 칼럼을 책으로 펴낼 때는 관련 내용을 묶어 목차를 구성하고, 더 깊이 다루면 좋을 만한 부분을 논의하여 재집필을 요청합니다.

대학교 교양 강좌나 대중 강연이 화제가 되면 해당 교수나 강연자를 섭외하기도 합니다. 요즘에는 TV 방송에서도 대중 강연 형태의 프로그램에서 연사를 초청해 강연을 진행하므로 그런 프로그램의 강연자 목록을 살펴보면 특정 주제에 대해 전문성과 대중성을 겸비한 저자를 한눈에 파악할 수 있습니다.

방송사의 섭외 대상인 연사는 이미 책을 여러 권 출간한 경우가 많습니다. 1회에서 수회에 달하는 강연으로는 책 한 권에 담을 만한 분량의 콘텐츠가 나오기 어렵고, 그 연사는 이미 강연 주제에 대한 책을 출간했거나 계약했을 것이기 때문에 관심 있는 연사의 활동을 자세히 살펴 어떤 주제와 내용으로 책을 집필하면 좋을지 깊이 고민한 후에 연락하는 것이 좋습니다. 저 역시 이런 방법으로 섭외에 성공했습니다. 미팅을 추진해서 만나 보니 강연 주제로는 이미 다른 출판사와 계약해서 집필 중이었기 때문에 저자의 전공 및 관심사와 밀접하게 관련된 다른 주제를 제안했습니다.

인맥으로 소개받은 저자, 투고 원고 등

브랜드 인지도가 높고 저자 네트워크가 좋은 출판사에서는 이런 방식으로 계약한 책이 가장 좋은 결과물을 내는 경우가 많습니다. 사람들은 비슷한 부류의 사람과 무리를 짓는 경향이 있으므로 좋은 저자는 또 다른 좋은 저자를 소개합니다. 저자 중에는 네트워킹이 매우 우수해 실력 있는 다른 저자들 다수와 연결된 사람들도 있습니다. 일종의 '허브' 역할을 하는 이런 저자를 출판사에서 기획자로 대우하며 장기간 관계를 이어 가면 좋은 저자를 확보하는 것은 물론 해당 분야의 주목할 만한 외서나 트렌드도 다른 출판사보다 먼저 파악할 수 있습니다.

자신이 좋아하고 존경하는 저자가 책을 낸 출판사에서 자신도 책을 내고 싶어 하는 것은 당연한 일입니다. 국내 저자 섭외에 적극적인 출판사와 관계를 맺으면, 출판사의 행사를 통해 관심 있던 다른 저자를 만나 친분을 쌓기도 하고, 출판사에서 기획한 도서에 다른 전문가와 함께 공저자로 참여하기도 합니다. 이렇게 되면 저자 입장에서는 출간 계약이 단지 출판사와만 관계를 맺는 것이 아니라 출판사가 확보한 저자 및 독자 커뮤니티에 합류하는 일이 됩니다. 출판사 차원에서 저자를 응대하지 않고 담당 편집자에게만 맡기는 출판사도 많은데, 반대로 이렇게 출판사 자체가 일종의 커뮤니티를 형성해 외부의 저자도 그 커뮤니티에 소속되고 싶어 하게 되면, 그 출판사는 좋은 저자와 좋은 콘텐츠를 확보할 기회가 점점 많아집니다.

때로는 대표나 편집자와 친분 있는 사람이 기획안이나 원고를 투고하기도 합니다. 대표를 통해 소개받은 저자의 원고를 검토하는 편집자는 심리적인 부담을 느끼기도 합니다. 해당 저자와 대표, 회사와의 관계 때문에 무조건 출간 계약을 해야 하는 책이라면 대개는 처음부터 원고를 검토하라기보다는 계약을 준비하라고 바로 지시합니다. 그렇지 않은 경우에는 편집자가 눈치를 보게 되는데, 대표가 저자와 안면이 있어 원고를 검토하긴 하지만 사실 자신도 별로 내키지 않기 때문에 실무자가 분명한 논리로 반대하면 내심 반기는 경우도 드물지 않습니다. 실무자가 대표나 상사를 과도하게 의식해서 긍정적인 검토 의견을 제출하는 바람에 아무도 원치 않았던 책을 만들게 되기도 합니다.

이메일로 원고를 투고하는 사람이 간혹 수신처에 수십 군데 이상의 출판사 이메일 주소를 넣기도 하는데, 이렇듯 아무 출판사나 연락이 오면 좋겠다는 의도를 드러내는 것은 효과적인 전략이 아닙니다. 투고하는 출판사를 주목해 왔으며 그곳에서 꼭 책을 출간하고 싶다는 뜻을 피력하는 것이 효과적입니다. 메일 시스템을 활용하면 발송자는 한 번에 메일을 보내도 수신자는 각자 개별적으로 메일을 수신하도록 할 수 있습니다.

대학이나 기업, 기관에 재직하지 않는 경제경영책 저자는 대개 책 인세 수입이 아니라 강연이나 교육, 컨설팅을 통해 생계를 유지합니다. 경력이 많지 않은 강연자나 교육자, 컨설턴트는 자신을 알리려고 어떻게든 책을 출간하려고 합니다. 유명한 출판사라면 좋겠지만, 그게 어렵다면 작은 출판사, 아니면 1인 출판사에서라도 책을 내려고 합니다. 이 경우 저자는 책을 출간하기만 해도 이익입니다. 특정 분야 책의 출간 경험이 자신의 강연·강의 활동에 필수 경력이 되기 때문입니다.

투고 원고가 대형 베스트셀러가 되는 경우도 있습니다. 저는 한 투고 원고를 읽어 보고 계약하자고 상사에게 건의한 적이 있는데, 상사가 경영진과의 오전 회의에 다녀온 후 반려하라고 지시했습니다. 결국 그 원고는 다른 출판사에서 출간되어 베스트셀러가 되었고, 주요 서점의 '올해의 책'에 선정되었습니다. 유명 자기계발 저자가 자신이 처음에 출판사에 투고했을 때 무시당했다며 당시의 심경을 토로한 적도 있습니다. 투고 원고로 출간 계약이 성사될 확률은 낮지만, 아주 가끔 크게 성공하는 경우도 있습니다.

투고 메일에서 저자가 적극적인 판촉 활동을 펼치겠다고 하거나, 수백 부를 자신이 구입하겠다고 밝히는 경우도 많습니다. 무명 저자에게 글쓰기를 코치하는 기관들에서 그렇게 하라고 권유한다고 합니다. 글쓰기 기관을 거쳐 투고하는 원고들은 출간 제안 형식도 비슷합니다. 그러나 전문성이 탁월하지 않고 글쓰기에도 미숙한 저자의 책이라면 인지도가 낮다는 약점 외에도 원고 작업부터 편집자의 공력을 많이 투입해야 일정 수준 이상의 품질을 갖출 수 있으므로 신중하게 접근해야 합니다. 가능성을 보고 계약을 한다면 상호 이익이 되는 관계 정립이 중요합니다. 원고 집필부터 편집, 홍보, 마케팅 과정에서 서로의 역할과 책임을 합리적으로 배분하여 양자 모두 좋은 성과를 얻도록 협력해야 합니다.

{ 8 }

외서 기획과 편집

예전에는 국내서는 읽지 않는다는 경제경영책 독자도 있었습니다. 독창적인 좋은 콘텐츠가 별로 없다는 판단에서였을 것입니다. 과거에는 국내 경제경영책 중 자화자찬 스타일의 성공 스토리형 CEO 저서나 기업 이야기가 많았고, 그런 책이 대형 베스트셀러가 되기도 해서 진지한 경제경영책 독자의 외면을 받기도 했습니다. 그래서 성공 스토리와 재테크 분야를 제외한 경제경영책 분야에서는 다른 출판 분야에 비해 외서 비중이 매우 높았습니다.

출판 저작권 수출입을 중개하는 에이전시는 회원사에 정기적인 이메일을 보내 외서에 대한 정보를 제공

합니다. 특별히 강조하고 싶은 책은 별도의 메일로 소개합니다. 런던도서전, 볼로냐도서전, 북엑스포아메리카, 프랑크푸르트도서전 시기에는 도서 수출 홍보를 위한 외국 저작권사의 라이츠 가이드Rights Guide●를 회원사에 발송하거나 자사 홈페이지에 게시합니다. 이 라이츠 가이드는 영미권과 유럽의 출판사가 망라된 만큼 분량이 어마어마합니다.

저는 런던도서전과 프랑크푸르트도서전에 여러 번 참석했는데, 출장 전후나 비행기에서, 또 외국 에이전트와의 미팅 사이사이에 방대한 라이츠 가이드를 읽고 또 읽었습니다. 대형 출판사에서는 외서 기획자가 그런 일을 전담하지만, 외서 기획자가 없는 출판사도 많고, 외서 기획자가 따로 있더라도 책을 직접 편집하고 의사결정에 참여하는 편집자의 안목과 의지가 외서 계약과 성공적인 출간에 결정적으로 중요하기 때문입니다.

영미권 도서

미국이 세계 경제의 중심이고 영어가 학문과 경제 분야의 만국 공통어이기 때문에 외서 중 영미권 도서 수입 비중이 다른 국가나 언어권 도서 수입 비중보다 압도적

● 각 출판사의 책과 수출 상황 등이 정리되어 있는 도서 수출용 홍보 자료. 출판사나 에이전시에서 정기 발행한다.

으로 높았습니다. 시대를 풍미한 경영 이론은 모두 미국의 경영대학원에서 주류로 인정받은 것이었고, 영미권에서 화제가 된 인물이 세계적으로 '경영의 구루', '마케팅의 구루', '투자의 구루'로 추앙받았습니다. 구루는 산스크리트어로 '스승'이라는 뜻인데, 특이하게도 경제경영 분야 대가를 '구루'로 칭하는 것이 오랫동안 유행했습니다.

　화제성이 있는 영미권 경제경영책의 번역 출간 계약을 하려는 우리나라 출판사의 경쟁이 극심했기 때문에 경제경영 분야의 선인세 수준은 다른 분야보다 훨씬 높았습니다. 경제경영 분야 선인세가 높았던 이유 중 하나는 해외에서의 성공이 국내에도 상당히 영향을 끼치기 때문이기도 했습니다. 가령 장르소설이나 건강서 같은 경우는 영미권에서 성공해도 국내에 수입조차 되지 않거나 수입되더라도 높지 않은 금액에 계약되는 경우가 많습니다. 영미권에서 판매에 성공했어도 국내에서는 실패하는 책이 워낙 많기 때문입니다.

　그러나 경제경영 독자는 해외 이슈에 민감하며, 경제경영 오피니언 리더들은 『뉴욕타임스』 도서 서평을 챙겨 보면서 마음에 드는 책을 발견하면 국내에 번역서가 출간되길 기다리거나 아예 원서를 사서 읽기도 합니다. 경제경영 독자는 해외 유명 인사들의 추천사에도 민감한데, 특히 빌 게이츠가 읽고 추천하면 큰 영향력을 발휘하곤 했습니다. 영미권에서는 추천사가 매우 중요하기 때문에 웬만한 책은 추천사가 다수 달려 있습니다. 저는 도서에 수록된 추천사뿐만 아니라 아마존에서 추천사와 독자 서평을 찾아 홍보에 여러모로 활용했습니다. 경험이 많지 않은 편집자는 영국 저작권사의 책에 대한 정보를 미국 아마존에서 찾기도 합니다. 영국 책은 영국 아마존에서 찾아야 정확하고 자세한 정보를 알 수 있습니다. 중요 도서일 경우에는 해당 도서 번역가나 영어가 능숙한 사람에게 비용을 지불하고 해외 웹사이트와 SNS를 검색해서 그 도서에 관한 언론 매체의 기사나 유명인의 언급을 모두 찾아 달라고 요청하기도 했습니다.

외국 도서의 인세율은 대체로 6~8퍼센트 사이인데, 경제경영책 화제작의 선인세가 너무 높다 보니 총 판매 부수에서 발생한 인세가 계약 당시 지급한 선인세에 못 미치는 경우가 더 많았습니다. 그래서 경제경영책 출판사는 선인세가 발생 인세를 초과할 것이 확실해 보여도 전체적인 수익성과 브랜드 인지도를 감안해서 높은 선인세를 감수하기도 합니다. 가령 정가가 2만 원인데, 선인세 5만 달러에 1만 부 기준 6~7퍼센트의 인세율로 계약했다면, 1달러에 1,200원의 환율을 가정했을 때 선인세에 해당하는 판매 부수는 4만 2,857부가 됩니다. 그러나 실제 판매 부수가 그에 미치지 못하더라도 3만 부 정도 팔리면 과도한 마케팅비를 집행하지 않았다는 전제하에서 성공한 투자였다고 결론을 내립니다. 그렇지 않으면 주요 경제경영 타이틀을 다 놓쳐 버려 사업이 더 어려워질 수 있기 때문입니다.

여러 해 전 하루키의 신작이 16억 원 이상의 선인세에 국내 출판사에 계약이 되어 화제가 된 적이 있습니다. 『1Q84』처럼 세 권짜리가 아니라 단 한 권인 책에 그렇게 투자하면 국내 시장 규모로는 책이 아무리 많이 팔려도 수익을 내기가 거의 불가능합니다. 저자가 절대적으로 중요한 문학 분야에서는 국내 출판사가 손해를 감수하고 도서를 계약하기도 합니다. 최고의 인기 작가이자 노벨문학상을 수상할 가능성도 있는 작가를 확보함으로써 최고의 문학 브랜드라는 명성을 지키려고 한 것입니다. 국내 인기 작가의 경우에도 출판사가 수익을 내기 어려운 파격적인 조건에 계약하는 경우가 있습니다. 이에 비해 경제경영책 출판사는 손실을 감수하면서까지 대형 타이틀을 잡으려고 하는 것 같지는 않습니다.

트렌드가 빨리 바뀌는 분야이기 때문에 특정 작가나 특정 타이틀에 지나치게 매달리지는 않습니다.

국내 경제경영책 시장이 워낙 침체되고 국내서 비중이 높아지면서 영미권 경제경영책 선인세의 거품도 점점 빠지고 있는 것 같습니다. 최근 몇 년 동안 해외에서 주목받는 경제경영책을 크게 부담스럽지 않은 금액에 여러 건 계약한 바 있습니다.

영미권 경제경영책 중 저작권사에서 기대하는 책은 원고 없이 간략한 제안서(프로포절)만 나온 상태에서 번역 출간 계약이 이루어지는 경우가 많습니다. 꼭 기대작이 아니더라도 웬만한 책들은 현지 출간 전에 번역 판권 계약이 이루어집니다. 프로포절은 A4 7~8쪽의 간단한 개요만 있는 경우도 있고, A4 수십 쪽의 샘플 원고가 들어 있기도 합니다. 경제경영책은 논리적인 구조로 되어 있고 저자의 지속적인 활동 분야가 내용에 담기므로, 경제경영책 경험이 많은 기획자라면 저자의 프로필을 상세히 살피고 프로포절을 꼼꼼하게 읽은 후 해당 저자나 주제에 대한 국내의 인지도를 찾아보면 그 타이틀의 가능성을 어느 정도 가늠할 수 있습니다.

프로포절이나 원고 단계에서 계약함으로써 외국 저작권사와 국내 출판사는 가능성과 리스크를 함께 나누게 됩니다. 이 과정에서 잘 판단하면 대형 타이틀을 상대적으로 낮은 금액에 계약할 수도 있고, 반대로 엉뚱한 타이틀을 거액에 계약할 수도 있습니다. 저는 나중에 영미권에서 대형 베스트셀러가 되고 영화화된 소설을 현지 출간 전 원고 상태에서 검토하고 1만 달러에 계약한 적이 있습니다. 만약 그 소설이 영미권에서 폭발적인 반응을 얻은 후 계약했다면 선인세가 10만 달러 이상으로 올라갔을 수도 있습니다. 그 소설은 번역 출간 후 1년 이내에 7만 부 이상 판매되었습니다.

이처럼 뚜껑이 열리기 전에 가치보다 낮은 금액에 계약한 도서가 큰 수익을 내기도 하고, 반대로 가치보다 고평가된 도서는 원고 집필이 예정보다 지연되면서 제목과 주제가 바뀌거나 아예 원고가 안 나오기도 합니다. 약정한 기일에서 몇 년이 지나도록 원고가 안 나온 원서의 선인세를 돌려받은 적도 있지만, 보통은 계약 당시의 기대에 한참 못 미치는 원고가 현지에서 존재감 없이 출간된 후 국내에서 마지못해 번역 출간하거나 출간을 포기합니다.

원고는 우수하지만 국내 판매가 높지 않은 것은 기획 실패라고 하기 어렵습니다. 좋은 책이 항상 시장에서 성공하는 것은 아니니까요. 또한 처음에는 시장에서 실패했지만, 나중에 유명인이나 오피니언 리더가 그 책의 가치를 언급한 후 역주행 베스트셀러가 되는 경우도 종종 있습니다. 그것은 단지 운이 좋아서가 아닙니다. 원래 좋은 책이었기 때문에 나중에라도 누군가가 그 가치를 알아보고 살려 낸 것입니다.

하지만 기대에 한참 못 미치는 원고가 나온 경우에는 왜 프로포절 단계에서 제대로 판단하지 못했는지 따져 보고 오류를 시정해야 합니다. 문제는 출판계의 이직률이 높아 프로포절 단계에서 계약한 담당자와 해당 원서 출간 후 번역해서 편집하는 담당자가 달라지는 경우가 매우 흔하다는 것입니다. 물론 실무자가 아니라 경영자나 편집장의 의지로 계약된 도서도 많습니다. 시간이 오래 흐르면 왜 판단 착오가 생겼는지, 그것을 어떻게 시정해야 할지 전혀 생각하지 않고 넘어가는 경우가 많습니다. 퇴사한 직원이나 경영자가 잘못 판단한 것이라면 그 출판사는 그 일에서 전혀 교훈을 얻지 못하고 그냥 운 나쁜 후임자가 모든 뒷감당을 하게 되는 경우가 대부분입니다.

영미권 저작권사는 대개 번역서의 표지나 편집에 별로 관여하지 않지만, 중요한 저작이거나 전 세계적으로 동시에 마케팅을 펼치는 도서의 경우, 번역가를 선정하기 전에 미리 허락을 받으라고 요구하기도 하고, 표지 디자인은 물론 표지 문안도 원서와 동일하게 넣으라고 하기도 하며, 출간 전 번역서 편집본을 미리 보내 승인을 받으라고 하기도 합니다. 글로벌 기업에 관한 책일 경우 저작권자 측에 한국어 편집본을 읽을 수 있는 인력이 있고, 해외 석학의 저서인 경우에는 저자의 네트워크를 통해 한국어 번역가를 소개하거나 번역가의 평판을 알아보기도 합니다. 요즘 같은 시대에 원서와 번역서의 차이를 독자와 원서 저작권사가 영영 모르게 하기는 어렵습니다. 저작권사에서 요청하지 않더라도 중요한 책일수록 원서에 충실하게 작업해야 합니다.

영미권 도서 번역 출간을 담당하게 되면 계약서를 확인해 저작권사의 표지 승인 여부 등과 같은 계약서의 단서 조항을 꼼꼼하게 확인한 후 편집을 진행해야 합니다. 확인 없이 진행하다가 번역서 표지를 원서 저작권사에 보내서 승인을 받아야 한다는 것을 출간에 임박해서 알게 되면 출간 일정에 차질이 빚어지기 쉽습니다.

일본 도서

주로 한국전쟁 전후에 설립되어 일본을 벤치마킹하며

성장한 오래된 기업은 일본 '경영의 신'들의 영향을 많이 받았습니다. 미국에 '구루'들이 있다면, 일본 경제경영 분야에는 '신'들이 있습니다. 그런 경영의 신들 중에는 전범기업 창업자도 있지요. 전쟁을 발판으로 경제 성장이 이루어진 국가이므로 일본의 어두운 근현대사와 일본 경제경영책은 깊은 관련이 있습니다. 과거에는 국내 재계 인사들이 이런 문제에 개의치 않았지만, 정치적 올바름을 중시하는 오늘날의 독자를 대상으로 하는 책이라면 편집자가 정치적 맥락에 대해서도 민감해지는 게 좋습니다.

일본은 경제력뿐 아니라 문화적인 영향력도 막강했는데, 특히 출판산업에서는 영미권 다음가는 규모와 역동성을 보여 줍니다. 독일의 출판 시장 규모가 세계 2위, 일본이 3위라고 하는데, 국내에 끼치는 영향력이나 일본 도서의 엄청난 다양성과 독창성을 감안한다면 사실상 영미권 다음이라고 보는 게 타당할 겁니다. 일본에는 흥미 위주로 기획한 책이 많아 내용이 부실한 경우도 종종 있지만, 뛰어난 기획력과 내실을 모두 갖춘 책도 많습니다.

계약할 만한 경제경영책은 자기계발서나 에세이에 비해서는 적은 편이지만, 출판 시장이 거대한 만큼 수입할 만한 책을 찾는 일은 어렵지 않습니다. 과거에는 '경영의 신'들의 경영 에세이가 대형 베스트셀러가 되기도 했고, 최근에는 회사에서의 처세법과 인간관계, 부하직원 관리 등을 다룬 경영서가 좋은 반응을 얻습니다. 일본에서 수입한 자기계발서가 대형 베스트셀러가 된 사례를 흔히 볼 수 있는데, 경제경영책도 자기계발 성격이 강한 책들이 잘 팔리는 경향이 있습니다.

일본 저작권사는 영미권 저작권사와는 달리 특정 국내 에이전시와 독점적으로 거래하지 않고 모든 에이전시에 오픈한 후 가장 높은 선인세를 제시하는 곳과 계약합니다. 주목할 만한 일서가 나오면 에이전시가 일제히 회원 출판사에 이메일을 보내 도서를 홍보합니다. 여러 국내 에이전시에 회원사로 가입한 출판사에는 똑같은 책에 대한 소개 메일이 비슷한 시기에 여러 건 한꺼번에 들어옵니다. 국내 출판사와 에이전시는 이해관계가 맞는 곳끼리 일종의 제휴 관계를 맺어 협업하기도 합니다. 일서를 계약할 때 특정 에이전시에 몰아주면 계약 관리가 수월하다는 장점이 있지만, 반대로 다른 에이전시에서 제공하는 좋은 정보나 기회를 놓칠 수도 있습니다.

예전부터 일본 소설을 번역 출간할 때는 출간 전에

원저작권사에 표지와 판권 승인을 받아야 했습니다. 경제경영책은 예전에는 간혹 승인 없이 진행되는 경우도 있었지만, 최근 들어서는 분야를 막론하고 표지와 판권 사전 승인을 계약 요건으로 제시합니다. 그러니 출간 계획을 세운다면 2주 정도의 승인 기간을 편집 일정에 미리 반영해 두어야 합니다.

일본 경제경영책은 소설과 달리 선인세도 과하지 않고, 내용이 쉬우면서 분량이 적어 국내 출판사와 독자가 오랫동안 선호했습니다. 그러나 '잃어버린 10년'이 '잃어버린 20년'이 되고 세계 경제에 대한 일본의 영향력이 약화되며 경제계는 물론 일본 사회 전체의 혁신 역량이 둔화됨에 따라 일서의 비중이 조금씩 낮아지고 있습니다. 지금은 우리나라 기업이 더 앞서가는 경우가 많아 '선진국 역할 모델'의 이점이 많이 퇴색한 상태입니다.

독일 도서, 중국 도서 등

영미권과 일본을 제외하고는 독일과 중국 도서가 간혹 수입되고, 그 밖의 나라에서 경제경영책을 수입하는 경우는 거의 본 적이 없습니다. 독일과 중국의 경제경영책이 수입되는 이유는 간단합니다. 그 나라들이 미국과 함께 경제 강자이기 때문입니다.

독일은 앞서 언급했듯 출판 대국이기도 합니다. 독일 책이라면 진지하고 지루할 것 같지만, 의외로 분량이 적고 읽기 쉬운 책이 많이 출간됩니다. 4차 산업혁명과 관련하여 독일은 '인더스트리 4.0'에 성공하여 첨단 산업에서도 선두를 달리고 있습니다. 인더스트리 4.0은 제조업의 경쟁력 강화를 위해 독일 정부가 추진하고 있는 제조업 성장 전략입니다.

『구글의 미래』나 『4차 산업혁명 이미 와 있는 미래』처럼 경제경영 현안에 대해 주목할 만한 저서들이 출간되어 좋은 반응을 얻었습니다. 롤프 도벨리의 『스마트한 생각들』같은 대형 베스트셀러도 있습니다.

우리나라 사람은 지나치게 미국 중심으로 사고하기 때문에 다른 나라의 가능성을 놓치기 쉽습니다. 영어나 일어, 중국어를 하는 사람은 많아도 독일어를 비롯한 유럽 언어를 구사하는 사람은 점점 줄어들고 있습니다. 이처럼 출판사 실무자가 언어의 한계, 문화의 한계 때문에 주저하는 시장에서 좋은 타이틀을 찬찬히 찾아보는 것도 좋은 기획 전략이 될 수 있습니다.

중국 경제경영책은 참 불가해한 분야입니다. 『대국

굴기』, 『화폐전쟁』 같은 베스트셀러도 있었지만, 중국의 경제적 중요성에 비해 이상할 정도로 중국 경제경영책은 국내에서 별로 많이 팔리지 않았습니다. 『화폐전쟁』은 서구 자본주의 세계의 음모를 폭로한 책이지 중국 경제를 다룬 책도 아닙니다. 국내 저자가 중국 시장과 관련하여 저술한 책도 많이 팔린 경우가 별로 없습니다.

제가 막연히 추측하기로는 일반 독자는 중국에 관심이 적고, 심지어 싫어하는 사람도 많은 것 같습니다. 한편 중국 관련 비즈니스를 하며 이해관계가 있는 사람은 늘 중국을 드나들고 현지에 아는 사람도 많아서 굳이 책을 통해 중국 비즈니스를 이해하려고 하지 않는 듯합니다. 무엇보다도 언론이 통제되는 중국에서 나오는 정보를 별로 신뢰하지 않기 때문에 정보의 집약체인 도서에 대해서도 신뢰가 낮은 것 같습니다.

하지만 구매력이 있는 어마어마한 중산층 인구와 이미 세계 최고 수준을 자랑하는 기술력, 세계 경제에서 차지하는 비중을 볼 때 중국은 늘 주시해야 하는 시장입니다. 현재 출판산업에서 중국은 저작권 수입보다 수출 면에서 더 중요한 시장입니다. 기존에는 자기계발서와 실용책, 학습만화, 연예인 책이 주로 수출되었지만,

중국에서도 알 만한 인물이나 기업을 다룬 경제경영책도 일부 수출이 이루어집니다. 국내 기업이 세계적으로 높은 성취를 거둘수록 경제경영책 수출도 늘어날 것입니다.

경제경영책의 시대별 트렌드

경제경영책의 기획력을 키우려면 시대의 흐름을 잘 읽어야 합니다. 경제경영책의 시대별 트렌드를 살펴보면 대세를 읽는 기획이 어떤 것인지 구체적으로 확인할 수 있습니다. 지난 시대를 되돌아보면 호황도 위기도 모두 경제경영책 기획에는 좋은 기회였음을 알 수 있습니다.

또한 시대를 풍미한 트렌드는 여전히 현재에도 큰 흐름을 형성하고 있습니다. 신자유주의 시대가 저물었다고 하지만, 여전히 수많은 재계 리더는 그 시대의 가치관에 머물러 있습니다. 자기계발서는 한물갔다는 사람도 있지만, 최근에도 자기계발서는 에세이, 소설과 더불어 대형 베스트셀러가 가장 자주 나오는 분야입니다.

『이태원 클라쓰』라는 웹툰 원작의 드라마에서는 '자기계발 끝판왕' 주인공이 큰 인기를 얻었습니다. 문화기획자라면 흙수저가 철저한 자기계발을 통해 자본가로 성공하는 전통적인 이야기에 젊은 세대가 왜 그렇게 열광하는지 이해해야 합니다. 『부자 아빠 가난한 아빠』식의 사고방식은 낡은 것 같지만 여전히 대중성 높은 콘셉트입니다. 다만 최근 출판계에서는 '부자 엄마'가 더 부각되고 있습니다.

IMF 경제위기 전후

한국 경제가 유례없는 고속 성장과 호황을 이어 가던 시기에 김우중 전 대우그룹 회장의 『세계는 넓고 할 일은 많다』, 이명박 전 현대건설 회장의 『신화는 없다』 같은 책이 엄청난 베스트셀러가 되었습니다. 글로벌 기업을 경영하던 기업가가 체계적인 경영서가 아닌 개인 차원의 성공 스토리를 쓴 것은 실망스럽지만, 당시의 분위기를 잘 보여 주는 책입니다.

　　스티븐 코비의 『성공하는 사람들의 7가지 습관』 같은 자기계발서도 국내에서 큰 인기를 누렸습니다. 이런 자기계발서는 IMF 경제위기 이후 일상화된 생존 경쟁에서 살아남으려는 경향이 강해지면서 일반인의 필독서로 자리 잡게 됩니다.

자본이 없는 노동자는 자기 자신이 유일한 생산 도구입니다. 이런 책은 성공을 위해 자신의 시간과 행동을 어떻게 계획하고 조정할 것인지 알려 줌으로써 스스로가 자기 자신이라는 생산 도구의 경영자가 되도록 안내합니다. 1998년 출간된 『익숙한 것과의 결별』은 직장인에게 회사만 믿고 있을 게 아니라 조직 안에서든 밖에서든 스스로 살길을 찾으라고 강변했고, 이때부터 '자기 경영', '1인 기업', '스스로를 고용하라'는 표현이 대중화되었습니다.

『성공하는 사람들의 7가지 습관』을 읽으면 독일 사회학자 막스 베버가 『프로테스탄티즘의 윤리와 자본주의 정신』에서 이야기한 게 이런 게 아닐까 싶은 생각이 듭니다. 이 유형의 자기계발서는 종교적 열정으로 완전 무결한 성실성을 추구하는데, 자아실현은 물론, 가족에 대한 의무, 직업적 성공, 이웃에 대한 봉사, 종교 생활에 시간과 자원을 잘 배분해서 모두 완벽하게 수행해야 한다고 주장합니다.

스티븐 코비의 사업체인 프랭클린코비 사의 '프랭클린 플래너' 또는 '프랭클린 다이어리'는 한때 성공을 꿈꾸는 직장인의 필수품이었고, 2000년대 초중반에는 프랭클린 플래너를 가지고 다니는 출판사 직원도 흔히 볼 수 있었습니다. 미국의 위인 벤저민 프랭클린은 자기계발 영웅이기도 한데, 코비는 그를 성공적인 상품으로 만들었습니다. 프랭클린 플래너는 어떻게 하면 한정된 시간에 효과를 극대화할 것인가가 관건인 시대의 히트 상품이었습니다. 2000년대 초반 큰 인기를 끈 『아침형 인간』 역시 가진 건 자신의 노동력과 한정된 시간뿐인 직장인에게 강력한 호소력을 발휘했습니다.

각박한 세태 속에서 오직 가족만이 경제적으로 연대하는 유일한 공동체로 남았습니다. 『부자 아빠 가난한 아빠』는 경제적 이해관계로 똘똘 뭉친 한국적 가족주의에도 높은 호소력을 발휘해 대형 베스트셀러가 되었습니다. 『누가 내 치즈를 옮겼을까』는 개인이 구조조정으로 인한 실직과 이직을 어쩔 수 없는 현실로 인정하고 새로운 치즈를 찾아 나서도록 독려했습니다.

닷컴경제와 신자유주의 전성시대

IMF 경제위기는 개인과 집단에 '우리가 잘못해서 실패했다'는 죄책감을 심어 주었고, 다시는 실패하지 않으려면 선진국의 지식과 기술을 부지런히 익혀야 한다는 강박을 낳았습니다. 당시 유행하던 표현 중에 '글로벌 스탠더드'가 있습니다. 우리가 글로벌 스탠더드에 미치지 못해서, 우리가 후진적이라 그런 위기를 겪었으니 개인과 기업이 실력을 키우자는 분위기가 대세였고, 독서경영이 유행하며 CEO들은 자신이 얼마나 좋은 책을 많이 읽는지 경쟁했습니다. 개인뿐 아니라 기업이 도서 대량 구매와 강연, 세미나에 많은 비용을 지출하면서 경제경영책의 황금기가 도래했습니다.

마침 닷컴경제가 눈부시게 발전하면서 빌 게이츠의 『빌게이츠 @ 생각의 속도』 같은 새로운 히트작이 이어졌고, 나라가 망한 줄 알았던 개인과 기업이 심기일전해 새로운 기회를 잡고자 부지런히 책을 사고 읽었습니다. 1990년대 초중반은 다시는 돌아오지 않을 한국 경제의 황금기였고, 2000년대 초중반은 다시는 돌아오지 않을 경제경영책의 황금기였습니다. 『좋은 기업을 넘어… 위대한 기업으로』, 『성공하는 기업들의 8가지 습관』 같은 두꺼운 정통 경영서가 수십만 부씩 팔리는, 문자 그대로 '좋았던 옛 시절'이었습니다.

당시에는 회사에서 대량으로 도서를 단체 구매해서 직원에게 나눠 주는 일이 흔했습니다. 마치 경영자가 직원에게 하고 싶은 이야기를 대신 해 주는 듯한 내용의 『이기는 습관』 같은 책은 도서 구매 결정권이 있는 사람들의 마음을 절묘하게 사로잡아 큰 성공을 거두었습니다.

선진국에서 수입한 신자유주의가 개인에게도 스며들면서 어느 광고에서 나온 '부자 되세요'라는 말이 전 국민의 일상적인 인사가 되었습니다. 어떤 카드 광고에서는 '당신의 능력을 보여 주세요'라는 노골적인 카피와 함께 재력을 드러내는 모습이 나오기도 했습니다. 요즘 분위기에서는 상당한 비호감을 유발할 수 있는 배금주의, 승자독식의 논리가 자연법칙으로 여겨지던 시절에 히트했던 광고입니다.

무한경쟁 사회에서 개인의 경쟁력을 높이기 위한 책이 큰 인기를 누렸습니다. 『백만 불짜리 열정』처럼 직장에서 인정받아 임원이 되고 전문 경영인이 되는 코스를 다룬 책 중에서도 베스트셀러가 여럿 나왔는데, 이러한 내용의 책은 요즘에는 베스트셀러가 되기는커녕 판매도 미미한 편입니다.

당시에는 여성 직장인의 성공법을 다룬 책도 다수 출간되고 판매도 좋았습니다. 그래서 '여성 처세서'라는 분야로 따로 분류하기도 했습니다. 지금은 여성이 조직에서 인정받아 승진하고 성공하는 방법을 다룬 도서를 찾기 어렵습니다. 반면 영미권에서는 여전히 여성의 조직 내 성공법이나 비즈니스 성공법을 다룬 도서가 다수 출간되고 있습니다. 요즘은 대신 '부동산 투자로 성공한 엄마'나 '유튜브 크리에이터나 SNS 마케팅으로 성공한 여성' 등 조직이나 사업체를 통해 성공하는 것이 아닌 개인 차원의 성공법을 다룬 책이 나와 좋은 반응을 얻고 있습니다.

당시에는 개인도 개인이지만 조직의 성공법을 다룬 책이 나와 단체 구입이 이어지고 크게 히트하기도 했습니다. 그러나 이후로는 이런 내용의 책이 히트하는 것을 본 적이 없습니다. IMF 경제위기 속에서 존폐 위기에 몰렸던 한국전기초자 주식회사의 기업 회생 스토리를 담은 『우리는 기적이라 말하지 않는다』는 베스트셀러가 된 후 기업교육용으로 지속적으로 판매되었습니다. 그 외에도 '매킨지의 일하는 방식', '6시그마 경영혁신', '도요타의 학습경영' 등을 통해 능률적인 조직을 만들고자 하는 책이 큰 인기를 누렸습니다.

호황의 끝자락에 『88만 원 세대』가 출간되었습니다. 글로벌 금융위기는 아직 국내에 본격적으로 상륙하기 전이었지만, IMF 경제위기 이후 양질의 일자리가 사라지고 비정규직 일자리가 급속히 확산되며 정규직과 비정규직이 서로 다른 계급처럼 양극화된 현상은 이제 누구도 부정할 수 없는 현실이었습니다. 경제학자 우석훈은 취업 시장에 신규 진입하는 젊은 세대가 비정규직이 되어 부모 세대보다 가난해진 현상을 논하며, 유럽의 '1000유로 세대'를 응용해서 '88만 원 세대'라는 용어를 제안했습니다. 이후 '헬조선', '3포(연애·결혼·출산 포기) 세대' 등의 신조어가 유행하며 '고용의 질' 문제와 '초저출산' 현상은 한국 경제에서 늘 일차적으로 고려해야 할 이슈로 대두됩니다.

2008년 금융위기,
기준이 없어진 세상에서 확장된 인식의 지평

1997년 시작되어 1998년 본격화된 아시아 외환위기가 글로벌 스탠더드를 갖추지 못한 우리 자신에 대한 자성을 불러왔다면, 2007년 시작되어 2008년 상륙한 글로벌 금융위기는 선진국 금융 시스템의 오류, 신자유주의의 폐해에 대한 근본적인 회의를 불러왔습니다.

극소수 글로벌 금융 엘리트가 세계 경제를 좌지우지한다는 음모론을 다룬 쑹훙빙의 『화폐전쟁』이 큰 인기를 누렸고, 정치적 사건의 주인공이 된 '미네르바'를 비롯한 SNS 인플루언서가 독자적으로 현대 금융 시스템을 해석한 책도 크게 주목받았습니다. 무엇보다도 경제 시스템 자체에 대한 관심이 높아지면서 평소에는 대중적으로 판매되기 어려운 경제학, 금융 관련 이론서도 판매가 높았습니다.

지배 엘리트가 버블을 유도한 후 일부러 위기를 만들어 일반인과 공공의 자산을 헐값에 매수하는 '양털 깎기'를 주기적으로 한다는 인식이 확산되면서 시스템에 대한 불신이 극에 달했습니다. 저는 『화폐전쟁 2』 편집을 담당했는데, 특권층을 가까이에서 접하는 기자나 대기업 임원이 이 책을 높이 평가하는 걸 보면서 이런 음모론이 증명할 수는 없어도 어느 정도 개연성은 있지 않나 생각하게 되었습니다.

금융위기 직전 금융 시스템의 허점을 간파하고 이에 투자해서 초대박을 터뜨린 괴짜 투자자들을 다룬 『빅쇼트』(2015)라는 실화 기반의 영화가 있습니다. 탐욕보다는 논리를 추구했던 이 투자자 중 한 명은 공개적으로 잘못된 금융 시스템과 금융 엘리트의 도덕적 해이를 신랄하게 비판하기도 했습니다. 영화 말미에 자막으로 제시되듯, 금융위기에 책임이 있는 금융인과 투자은

행은 대부분 아무런 책임도 지지 않았습니다. 미국 정부는 돈을 마구 찍어 내 시장에 풀었고, 구제금융으로 투자은행을 살렸습니다. 수많은 사람이 파산하고 가정이 해체되었지만 금융권과 금융 엘리트는 '구제'받았습니다. 슬로베니아 철학자 슬라보예 지젝의 표현대로 빈자들이 아닌 '부자들을 위한 사회주의'였습니다.

금융위기 이전 신자유주의의 폐해가 본격적으로 드러나기 시작했을 때부터 『사다리 걷어차기』, 『쾌도난마 한국 경제』 등의 저서로 주목받은 장하준 교수는 금융위기가 본격화되면서 『나쁜 사마리아인들』, 『그들이 말하지 않는 23가지』를 통해 대형 베스트셀러 작가로 떠올랐고, 서구 선진국 위주의 국제 경제 질서의 부조리와 신자유주의의 폐해에 대한 인식이 대중화되었습니다. 이런 분위기 속에서 그동안 경제 논리로 성역화된 초법적인 경제 권력을 정면으로 다룬 『삼성을 생각한다』가 출간되어 베스트셀러가 되고, 여러 서점과 매체에서 '올해의 책'으로 선정되었습니다.

한편 권위를 상실한 정통 경제학은 인지심리학의 최신 성과와 결합한 행동경제학의 눈부신 발전 속에서 새로운 동력을 찾았습니다. 이전에도 복잡계 경제학, 진화경제학 등 학제적 연구의 성과가 경제학에 도입되어 새로운 지평을 열었는데, 행동경제학은 특히 대중적 호소력이 높아 관련 저서 다수가 경제학 베스트셀러가 되었습니다. 과학으로 세상을 변화시키려는 오바마 시대의 정신을 보여 주는 『넛지』는 경제학이 사회를 개선하는 도구가 될 수 있음을 증명했습니다. 경제학은 현실을 도외시한 합리성에 대한 강박에서 벗어나 인간의 본성과 인지 오류를 적극적으로 포용하면서 극적으로 부활했습니다.

『정의란 무엇인가』로 선풍적인 인기를 얻은 정치철학자 마이클 샌델은 후속작『돈으로 살 수 없는 것들』에서 가치 판단의 기준을 '시장 원리'에 넘겨준 시장만능주의의 폐해를 질타했습니다. 시장의 역할을 제한하고 공적 토론의 장에서 공동체의 중요한 가치를 논의하고 결정해야 합니다. 이제 신자유주의의 만병통치약 '시장 원리'에 짓눌려 있던 철학과 인문학, 정치와 교육이 제자리를 찾아야 했습니다.

새로운 기준으로 떠오른 실리콘밸리 기술기업

월스트리트가 폭주하던 시기, 다른 한편에서 새로운 유형의 비즈니스 영웅이 등장했습니다. 전통적인 자본가와는 겉모습부터가 매우 다른, 히피 문화와 선불교의 영향을 받은 이 영웅은 검은 터틀넥 스웨터와 청바지를 입고 치밀하게 기획된 프레젠테이션을 통해 열렬한 추종자를 낳았습니다.

아이폰의 발명 이후 앱스토어, 애플리케이션과 관련된 IT 비즈니스 실용책이 다수 출간되어 여러 출판사의 새로운 수익원이 되었습니다. 스티브 잡스와 직접 관련이 있든 없든 프레젠테이션에 대한 책도 많이 팔렸습니다. 시대의 영웅 스티브 잡스 사망과 동시에 출간된 두꺼운 공식 전기 역시 베스트셀러가 되었습니다.

스티브 잡스처럼 튀지는 않더라도 프로그래머 출신의 젊은 천재가 세운 아마존, 구글, 페이스북 같은 기업이 기존의 글로벌 강자를 제치고 시가 총액 최대 기업으로 등장했습니다. 이들은 돈만 많이 버는 게 아니라 합리성과 창의성을 추구하며 기업문화를 일대 혁신했습니다. 『구글은 어떻게 일하는가』는 경영서의 판매가 저조한 상황에서도 대형 베스트셀러가 되어 주요 서점의 '올해의 책'이 되었습니다. 구글을 중심으로 한 실리콘밸리 기업의 전략과 기업문화를 다룬 다른 책들도 다수 경제경영 분야 베스트셀러가 되었습니다.

실리콘밸리의 혁신기업이 전 세계 젊은이가 선망

하는 직장이 되자 국내 벤처기업과 대기업도 그들의 전략과 기업문화를 모방하기 시작했습니다. 시행착오도 있고 흉내만 내는 데 그치기도 하지만, 직원의 창의력을 최대한 활용해서 기업의 경쟁력을 높이려는 추세는 계속 이어지고 있습니다.

최근에도 『실리콘밸리의 팀장들』, 『두려움 없는 조직』 등의 경영책이 일하고 싶은 회사를 만들고자 하는 직장인에게 호응을 받으며 좋은 판매 성적을 거두었습니다.

인문, 자기계발, 에세이 퓨전형 경제경영책

2010년대로 접어들면서 조직에 대한 기대를 접은 직장인이 급속히 개인주의화하면서 경제경영을 다루더라도 개인 차원에서 다루는 경제경영책의 자기계발서화가 진행되었습니다. 회사의 전략을 개발한다기보다는 성공한 기획자, 전략가가 되는 법을 다루고, 조직이 다 같이 잘되자는 내용보다는 개인의 처세법을 주로 다루게 되면서 경제경영책인지 자기계발서인지 구별하기가 점점 어려워졌습니다. 『어떻게 원하는 것을 얻는가』는 비즈니스 협상 도서를 자기계발서 같은 제목으로 풀어내고 '와튼스쿨 명강의'라는 점을 내세운 명품 마케팅으로 대형 베스트셀러가 되었습니다. 『디퍼런트』, 『원씽』 등은 비즈니스서로도 자기계발서로도 읽을 수 있는 강력한 개념을 다루며 크게 히트했습니다.

또한 국내 저자들은 경제경영에 관련된 내용이더라도 개인의 경험을 부담 없이 진솔하게 토로하며 디자인과 스타일 면에서 에세이와 유사한 저서를 집필하게 되었습니다. 『마케터의 일』, 『퇴사준비생의 도쿄』, 『마케터의 여행법』 등 에세이형 경제경영책이 지속적으로 출간되며 해당 분야에서 좋은 판매를 보여 주고 있습니다.

이제 경제경영책보다 인문교양책이 CEO의 서가를 채우기 시작했습니다. 인문교양책 자체가 자기계발서화하거나 경제경영책화하거나 에세이화해 기존의 인문 독자를 넘어 독자층을 대폭 확대했습니다. 학자뿐 아니라 경제경영책 저자와 자기계발서 저자도 고전을 탐독하며 관련 저서를 집필했습니다.

『마흔에 읽는 손자병법』, 『마흔, 논어를 읽어야 할 시간』, 『미움받을 용기』, 『생각하는 힘, 노자 인문학』 등 인문학에 기반한 자기계발 성향의 책은 물론 과학자의 저서도 CEO가 가장 선호하는 도서가 되었고, 대중적인지도가 높은 인문학자와 과학자는 기업이나 경제 단체 초청 강연 섭외 1순위가 되었습니다. 경제경영 독자는 『사피엔스』를 미래예측서로 읽었고, 『정글만리』를 중국 비즈니스 도서로 읽었습니다.

바이오테크 기업 창업자 사피 바칼의 저서 『룬샷』은 물리학 이론과 방대한 역사적 자료를 바탕으로 혁신의 원동력을 찾아 '룬샷'이라는 독창적인 개념으로 정립함으로써 과학과 인문학의 통찰을 경제경영의 실제적 지식으로 재창조한 성공 사례가 되었습니다.

파이어 열풍과 코로나19 이후

2008년 금융위기를 전후하여 서구의 고학력·고소득 전문직을 중심으로 파이어FIRE(Financial Independence, Retire Early) 열풍이 불기 시작했습니다. 경제적 자유와 조기 은퇴를 위해 절약과 적극적인 투자를 실행하는 사람을 '파이어족'이라고 합니다.

해외의 영향을 받았든 받지 않았든 국내에서도 월급 노예에서 벗어나 경제적 자유를 추구하는 경향이 강하게 나타났습니다. 회사에 대한 기대치가 높은 젊은 세대는 회사 업무를 통해 자아실현을 할 수 없음을 깨닫고 자신이 하고 싶은 일을 하려고, 아이를 낳은 신혼부부는 사랑하는 가족과 함께할 수 있는 시간을 극대화하려고 일하는 시간을 줄이거나 조기 은퇴를 할 방법을 모색하고 있습니다.

『파이낸셜 프리덤』, 『파이어족이 온다』 등이 파이어족을 직접 다뤘는데, 거슬러 올라가면 훨씬 이전에 출간된, 일주일에 4시간만 일하는 라이프스타일을 다룬 『4시간』도 같은 계통의 책이라고 할 수 있습니다. 파이어족을 표방하지 않더라도 국내에서 유행한 '퇴사' 관련 책이나 '제주도 살기' 계통의 책도 모두 회사에서 남이 시키는 일을 하는 데 대부분의 인생을 보내지 말고 최대한 빨리 회사를 그만두고 원하는 삶을 살자는 비슷한 경향을 보여 줍니다.

이런 삶을 추구하는 사람은 생활비를 최대한 줄이고 본업 외에 각종 부업을 하거나 주식 투자, 부동산 투자를 통해 단기간에 큰돈을 모으려고 합니다. 절약과 재테크는 둘 다 중요하지만, 개인 성향에 따라 경제적 독립을 쟁취하는 수단으로 생활비를 극단적으로 낮추는 전략을 채택하는 사람도 있고, 단기간에 큰돈을 벌려고 공격적인 재테크에 주력하는 사람도 있습니다. 생활비를 대폭 낮추는 방법을 택한 사람은 주거비가 많이 드는 대도시를 떠나 제주도나 강원도 등에서 재택 프리랜서로 일하거나 귀농을 하기도 합니다.

라이프스타일을 바꾸어 생활비를 낮추는 파이어족은 성향상 에세이 독자가 많고, 공격적인 투자로 더 많은 돈을 버는 데 집중하는 파이어족은 경제경영책 독자가 많습니다. 한국감정원 통계에 따르면, 2019년 서울 아파트 매매 거래에서 30대가 가장 큰손으로 떠올랐고, 2020년 1분기에는 이 비중이 더 높아졌습니다. 이 중에는 금수저나 은수저도 있겠지만, 한도가 크게 줄어든 주택담보대출은 물론 신용대출, 지인 대출을 끌어모아 60~70퍼센트 이상의 빚으로 집을 산다는 '영끌'(영혼까지 끌어모으다)이 유행어가 될 정도인 것을 보면 무리한 대출로 집을 산 사람도 많을 것으로 추정됩니다. 코로나19 사태 이후 '영끌' 부동산 투자 열풍은 외국인과 기관이 빠져나간 국내 주식을 지키자는 '동학개미운동'으로 이어졌습니다.

영끌 부동산 투자나 동학개미 투자가 어떤 결과로 이어질지는 개인마다 다를 것입니다. 공격적인 투자를 하는 사람이 꼭 파이어족은 아니지만, 단기간에 큰돈을 모아야 한다는 인식은 공유합니다. 결정적인 한 방이 없으면 평생 열심히 일해 봤자 희망이 없다는 초조함 때문에 큰 위험을 감수하기도 합니다. 파이어 열풍은 원래 돈의 노예가 되지 않고 돈의 주인이 되려는 것이었지만, 이 과정에서 무리하게 투자하면 월급 노예에서 빚의 노예로 추락할 수도 있습니다.

위기가 오면 경제경영책 중 경제예측서와 재테크서의 판매가 높아집니다. 앞서 '파이어 열풍'을 언급했듯 코로나 위기가 오기 훨씬 전부터 국내 경제경영책 시장의 주류는 재테크서였습니다. 국내 개인 투자자가 주식 시장에서 좋은 성과를 거두기 어려웠기 때문에 주식 투자보다는 부동산 투자 서적의 인기가 훨씬 높았습니다. 부동산 재테크서는 2015년부터 2019년까지 부동산 경기 활황에 힘입어 판매가 좋았습니다. 2008년 이후 2014년경까지는 부동산이 끝났다는 주장도 있었지만, 이후 4~5년간 급등세가 이어졌기 때문에 코로나 사태 속에서도 부동산 시장을 조심스럽게 관망하며 기회를 노리는 사람이 많습니다. 집주인도 학습 효과 때문에 웬만하면 가격을 낮춰 내놓지 않기 때문에 매도인과 매수인 사이의 기싸움이 이어집니다. 투자할 기회를 노리는 사람은 매물을 판단하는 안목을 키워 주는 책이나 경매 관련 도서를 읽습니다. 코로나19로 발발한 위기 이후에는 IMF 경제위기와 2008년 금융위기의 학습 효과 때문에 하락 후 반등을 노리는 사람이 주식 투자에 몰렸습니다.

이론에 강한 증권사 애널리스트 출신 저자들은 부동산과 주식 투자를 한꺼번에 다룬 경제예측서나 경제교양책을 출간합니다. 요즘은 애널리스트 출신이 아닌 전업 투자자도 재테크 관련 내용을 경제예측서 스타일로 출간하는 경우가 흔합니다. 코로나 이후에 대한 경제예측서가 2020년 상반기에 이미 여러 종 출간되었는데, 이렇게 이슈가 떠오를 때 신속하게 관련 도서를 출간할 수 있는 능력도 출판사의 중요한 역량 중 하나입니다.

가장 눈에 띄는 책은 『언컨택트』인데, 코로나19 발발 이후 이 책을 집필하지는 않았을 것입니다. 비대면 산업의 성장은 그렇지 않아도 시대의 흐름이었으나 코로나19 위기로 갑자기 급속도로 진전되고 있습니다. 시대의 흐름을 잘 읽는 저자나 출판사는 평소에 여러 흐름을 주목하고 준비하다가 기회가 왔을 때 신속하게 실행해서 큰 성과를 거둡니다.

한류 열풍과 신뢰의 경제학

불과 수십 년 만에 세계 최빈국에서 경제 선진국으로 도약한 유례없는 대한민국의 성공은 문화산업, 엔터테인먼트 산업으로도 이어졌습니다. 2000년대 초반 몇몇 드라마와 가수가 대표하던 한류문화는 이제 영화, 애니메이션, 학습 콘텐츠, 음식문화, 미용 등 문화산업과 라이프스타일 전반으로 확대되고 있습니다. 초기에는 한류문화가 영향을 끼치는 지역이 일본, 동남아시아, 중동, 중화권 위주로 제한되었지만, 이제는 아메리카 대륙과 유럽 전역으로 확산되었습니다.

한국 할머니의 매력을 장착한 박막례 할머니는 유튜브 CEO가 찾아올 정도로 대세 스타가 되었고, 방탄소년단은 기존의 K-POP 성과를 훌쩍 뛰어넘는 세계적인 뮤지션으로 부상했으며, 해외 영화제에서 오랫동안 주목받던 우리나라 영화산업은 봉준호 감독의 『기생충』이 보수적인 미국 아카데미영화제를 석권하면서 누구도 부정할 수 없는 세계 영화의 주류로 자리 잡았습니다.

그동안 출판 한류는 유아동 놀이, 학습 콘텐츠나 자기계발, 실용책 위주로 중화권과 동남아시아, 중동 지역에 국한되었지만, 한국 문화가 주류가 되고 있는 지금은 출판 한류도 훨씬 확장할 수 있는 기회를 얻었습니다. 유아동 콘텐츠를 제외하면 가장 대외 경쟁력이 높은 콘텐츠는 웹툰이며, 한국 소설도 꾸준히 해외에 소개되고 있습니다.

기술이 범용화되면 결국 승부처는 콘텐츠가 됩니다. 성능 좋은 스마트폰이 일반화되면 스마트폰으로 무엇을 볼까가 중요해지고, 자율주행차가 상용화되면 운전을 하지 않아도 되는 사람이 차 안에서 어떤 콘텐츠를 소비할까가 중요해질 것입니다. 콘텐츠 중에서 중독성이 강한 온라인 게임을 제외하면 서사 구조를 갖춘 스토리텔링이 가장 매력적이고 부가가치가 높은 분야입니다.

콘텐츠와 스토리텔링의 중요성이 부각되고 한류 콘텐츠의 경쟁력이 강화되면서 전통적인 의미의 작가가 아니더라도 스토리텔러가 되고자 하는 사람이 늘고 있습니다. 이들을 대상으로 한 책을 기획할 수도 있습니다. 저는 이런 현상에 주목해서 뇌과학을 기반으로 매력적인 스토리텔링의 원리를 밝혀낸 『이야기의 탄생』을 기획해서 좋은 성과를 거두었습니다. 이 책은 영국의 소설가 겸 기자가 쓴 책이지만, 한류 콘텐츠의 위상이 현재보다 더 높아지면 스티븐 킹의 『유혹하는 글쓰기』처럼 오랫동안 고전으로 사랑받을 수 있는 한국 작가의 글쓰기 책을 세계에 수출할 수도 있을 것입니다. 이처럼 시대 변화나 독자의 수요에 집중하다 보면 특정 분야에만 머무르기는 어렵습니다. 아직 국내 경제경영책의 국제 경쟁력이 낮은 편이므로, 경제경영책 편집자라면 이렇게 분야를 바꾸거나 해외 도서 수입을 통해 한류 열풍의 효과를 누리는 것도 고려해 볼 수 있습니다.

코로나19 사태에서 중국 다음으로 가장 먼저 위기에 봉착했지만 어느 나라보다도 성공적으로 대처하고 경제적 타격도 최소화한 한국 사회 전반의 시스템이 주목받고 있습니다. 스스로를 비하하던 '헬조선' 담론에서 벗어나 우리도 모르는 사이에 서구 사회와는 다른 형태로 상당히 안전하고 효과적인 체제를 구축했다는 사실을 발견하게 되었습니다.

경제학에는 '신뢰 비용'이라는 것이 있습니다. 내가 코로나19에 걸려도 정부와 지역사회가 나를 버리지 않고 최선의 조치를 취해 줄 것이라고 믿는 이런 종류의 신뢰는 인간적인 가치만 있는 것이 아니라 경제적으로도 큰 효과를 발휘합니다. 시스템에 대한 전반적인 신뢰는 거래 비용을 줄이고 사람을 경제 활동에 적극적으로 나서게 합니다. 의사결정 과정이 투명해지고 비합리적인 관행이 줄면 각계각층의 사람과 조직이 창의성과 재능을 마음껏 발휘할 수 있게 됩니다. 고난을 함께 성공적으로 극복한 경험은 개개인에게 각인되어 더 많은 일을 성취할 수 있도록 이끄는 동력이 됩니다.

그동안 영미권 경제경영책이 이론 분야를 독식했던 것은 미국을 중심으로 한 서구 사회가 세계 경제의 표준이자 역할 모델이었기 때문입니다. 더 이상 서구 사회가 표준이 아니고 오히려 우리가 앞서서 길을 제시할 수 있다면, 재테크서나 실무서가 아닌 경제서, 경영이론서 분야에서도 국내서가 선전할 수 있고, 국내 시장뿐 아니라 세계 시장에서도 사랑받을 수 있을 것입니다.

다만 그럴 만한 저자군이 충분히 형성되어 있는가는 별개의 문제입니다. 영미권에는 전문 지식과 필력이 출중한 경제경영 저자가 많지만, 그동안 국내에서는 경제경영 이론서나 논픽션 분야는 시장이 받쳐 주지 않아 역량 있는 저자를 확보하기 어려웠습니다. 이럴 때 독창적인 안목과 뛰어난 필력을 겸비한 저자가 출현한다면 달라진 한국의 위상에 힘입어 세계적인 저자로 부상할 기회를 잡을 수도 있을 것입니다.

세부 분야의 기획과 편집

경제경영책 독자는 세부 분야에 따라 천차만별이라는 점을 앞에서 언급했습니다. 당연히 경제경영책 저자도 세부 분야에 따라 완전히 성향이 다르고, 이에 따라 기획 방식도 달라집니다. 경제경영책의 저자나 독자 성향이 워낙 다양하기 때문에 처음에는 다양한 책을 최대한 많이 편집하는 것이 경력에 도움이 되지만, 경력을 쌓을수록 자신의 강점을 살려 특정 세부 분야에 집중하는 것이 기획자로 성공하거나 창업하는 데는 더 유리할 것입니다.

경제학, 경제사

경제학, 경제사는 인문교양책으로 볼 수도 있는 분야라서 경제경영 독자와 인문 독자의 비중이 비슷합니다. 앞서 언급했던 『경제학 콘서트』, 『괴짜 경제학』, 『넛지』를 포함해, 『죽은 경제학자의 살아 있는 아이디어』, 『장하준의 경제학 강의』, 『생각에 관한 생각』 같은 책이 큰 인기를 얻었고, 일반적으로는 많이 팔리는 분야가 아니지만 대중성과 화제성이 높은 책이 등장하면 대형 베스트셀러가 되기도 합니다. 다른 모든 분야와 마찬가지로 『맨큐의 경제학』처럼 많은 대학에서 교재로 채택하는 도서는 친절한 대중서가 아니어도 오랫동안 높은 판매 부수를 유지합니다.

이 분야에서 높은 판매가 예상되는 책을 기획하는 것은 직원의 역량만으로는 어렵습니다. 화제성이 높은 유명 해외 저자의 도서는 선인세가 높고, 국내의 저명한 경제학자는 편집자 차원에서 섭외하기 어렵습니다. 경제경영책 분야에서 인지도가 높고 자금력도 충분한 출판사에 재직하고 있다면 해외 도서를 기획하는 것은 어렵지 않습니다.

경제경영 분야에서 인지도가 높은 출판사에 재직

하고 있다면 저명한 석학이나 유명 저자까지는 어렵더라도 어느 정도 인지도가 있는 경제 팟캐스트 운영자, 유튜버, 경제 기자 등은 기획자 차원에서 섭외할 수 있습니다. 이런 경우는 대형 베스트셀러가 되기는 어렵지만, 잘 만들어서 홍보하면 투입 비용 대비 충분한 수익을 거둘 수 있습니다. 이런 책은 저자가 직접 홍보하는 것이 출판사의 홍보보다 더 효과적이기 때문에 마케팅 면에서 여러 이점이 있습니다.

학문적으로 가치가 높은 책을 출간하여 꾸준한 수요를 기대할 수도 있습니다. 국내서라면 우수한 연구자의 독창적인 경제학 논문을 대중서로 풀어 쓴 책을 출간할 수도 있고, 외서라면 저명한 학자의 오래된 책을 찾아 계약할 수도 있습니다. 저는 노벨경제학상 수상자의 연구 업적을 다룬 책을 계약해서 출간한 적이 있습니다. 노벨상 자체에는 대중의 관심이 높지만, 사실 아주 오래된 연구에 대해 뒤늦게 상을 수여하는 경우가 많아 연구 업적 자체는 짧은 기사 몇 줄 외에는 국내에 잘 알려지지 않기도 합니다. 저는 한 수상자의 핵심 연구 성과를 다룬 오래된 책을 최저 수준의 선인세에 계약했고, 그 연구에 대해 잘 아는 국내 대학 교수를 찾아 번역을 의뢰했습니다.

그 수상자가 국내 대학을 방문하기도 했지만, 그 책은 출간 당시 2천 부 정도 팔렸을 뿐입니다. 정가가 높아 손실을 보지는 않았지만, 다소 실망스러운 성과였습니다. 그러나 그 책은 10년이 지난 지금도 절판되지 않고 꾸준히 일정 수준으로 판매되고 있습니다. 상업적인 출판사에서 출간된 첫해에 2천 부 정도 판매된 대중서는 통상 5년인 계약 기간 내에 절판하는 것이 일반적입니다. 그러나 그 책은 아마도 대학 교재 수요가 어느 정도 있고, 해당 노벨상 수상 업적에 대한 유일한 원전이라는 점에서 경제학 전공자가 꾸준히 찾아보는 것 같습니다.

경제전망, 트렌드, 미래예측

정치, 경제는 물론 사회, 과학기술, 인구 변화, 문화 트렌드 전반을 다루다 보니 인문학과 자연과학, 사회과학이 총망라된 분야라고 할 수 있습니다. 그래서 인문교양책 독자를 포함해 각계 지식인이나 오피니언 리더가 많이 읽는 분야입니다.

4차 산업혁명 관련 책이나 2030, 2045 등의 연도를 제목에 넣은 미래학자의 저서, 코로나19 팬데믹 이후 뉴노멀 시대를 전망하는 책, 김난도 교수와 공저자가 매년 출간하는 『트렌드 코리아』 같은 책이 이에 속합니다. 소비 트렌드를 다루는 책은 마케팅 분야로도 중복 분류됩니다. 앞서 언급했듯, 전업 투자자가 집필한 재테크 책도 향후 투자 전망을 논하는 경우 경제전망서로 중복 분류됩니다.

장단기 경제전망에 대한 책, 그중에서도 소비 트렌드 관련 책은 주로 10월에 맞춰 출간합니다. 각 회사에서 사업 계획을 수립하는 과정에서 경제전망서와 트렌드 관련 도서를 참고 자료로 활용하기 때문입니다. 사업 계획을 수립할 때 여러 권의 책을 참고하고, 도서 구입도 법인카드로 하는 경우가 많아 이미 시장을 선점한 책이 있어도 내실 있는 다른 경쟁서도 여럿 선전하는 경향이 있습니다.

매년 출간하는 트렌드 도서 작업은 단순한 저자 섭외가 아닌 회사 차원의 제휴라 편집자 개인 역량만으로는 어렵지만, 1년 판매 사이즈가 8천 부에서 2만 부 사이인데 편집과 홍보에 공력이 많이 드는 도서의 경우에는 상황이 다릅니다. 특정 편집자나 편집팀이 저자나 저자 집단의 신뢰를 얻어 서로 파트너십이 공고하다면, 그 편집자는 사내에서의 입지가 강화될 것이며, 더 나아가 그 아이템을 발판으로 창업을 할 수도 있습니다. 이 정도 판매 사이즈의 책인데 편집자의 열성과 전문성이 중요하다면, 담당 편집자가 그 프로젝트의 주축이 되기 때문입니다. 더 많이 팔리는 책은 경영자가 직접 챙기므로 담당 편집자의 권한과 역할이 축소되고, 덜 팔리는 책은 회사에서 주목받지 못하므로 담당 편집자도 덩달아 회사에서의 입지가 약화됩니다.

실제로 주식 투자자가 주로 참고하는, 여러 산업 분야 업계 현황과 전망을 다룬 책이나 매년 소비 트렌드를 예측하는 책을 기반으로 저자와 뜻이 맞아 담당 편집팀이 독립하여 출판사를 창업한 경우를 두어 번 보았습니다. 물론 창업을 한다면 이 정도 매출로는 부족하고, 다른 책도 여러 종 출간해서 매출을 높여야 합니다. 그렇더라도 매년 일정한 수익을 창출할 수 있는 아이템을 확보하는 것은 갓 창업한 회사에는 큰 힘이 됩니다.

저자 입장에서는 대형 출판사에서 마케팅 비용을 많이 집행할 만한 책이 아니라 어차피 저자의 활동과 편집자의 공력으로 팔리는 책이라면 지속적으로 협업해온 편집자가 창업한 신생 출판사로 옮기는 것이 더 낫다고 결정하는 것입니다. 큰 출판사에서 주목받지 못하는 것보다 작은 출판사에서 주력 아이템이 되는 것이 낫다는 판단입니다.

부동산, 주식, 은퇴 설계 등의 재테크 서적

시장 상황에 따라 주식을 다룬 책과 부동산을 다룬 책이 번갈아서 시장의 주류가 됩니다. 구체적인 재테크 방법을 다룬 책보다 『부자 아빠 가난한 아빠』, 『부자 언니 부자 특강』, 『부의 추월차선』, 『월급쟁이 부자들』, 『4개의 통장』 같은 책처럼 부자의 생활 태도와 경제생활의 기본 개념을 알기 쉽게 다룬 책이 대형 베스트셀러가 됩니다. 과거에 효과적인 영어 학습 교재보다 영어 공부를 어떻게 해야 하는지 기본적인 자세와 팁을 알려 주는 책이 훨씬 많이 팔렸던 것과 비슷한 현상입니다.

부자의 마인드를 다룬 영미권 도서나 일본 도서가 히트하기도 했지만, 재테크 분야는 경제경영책 중 국내서 베스트셀러 비중이 압도적으로 높은 분야입니다. 경제경영책 분야에서 잘 알려진 출판사에 재직하고 있다면 재테크 분야의 저자를 섭외하는 것이 어렵지 않습니다.

그런데 재테크 분야 도서는 출판사의 인지도와 마케팅보다 저자의 인지도와 홍보에 판매가 좌우됩니다. 출판의 전 분야가 그런 추세지만, 재테크 분야는 그중에서도 저자의 영향력이 가장 강한 편에 속합니다. 재테크 분야 저자는 대개 전문적으로 SNS 활동을 하며, 오프라인 수업, 세미나, 강연 등을 통해 독자적인 네트워크를 갖고 있습니다. 유명 부동산 재테크 강사는 소수정예만 참여하는 오프라인 강좌를 1인당 수십만 원에서 수백만 원 수준의 수강료를 받고 운영하며, 수강생과 함께 '임장'臨場● 활동에 나서 직접 매물을 정해 주고 알선하기도 합니다.

이처럼 조직적인 활동을 하는 재테크 분야 인기 저자가 책을 출간하면 예약 판매 단계에서, 혹은 서점에 책이 입고되기 전부터 주문이 쇄도하며 긍정적인 한 줄 평이 잔뜩 붙는 것을 볼 수 있습니다. 그리고 판매가 개시되자마자 구매 서평이 순식간에 쌓입니다. 출판사의 판촉 활동만으로는 이런 독자 반응이 나오기 어렵습니다. 경제경영 분야 전체가 그런 경향이 있지만, 특히 재테크 분야 독자에게 책값은 최소한의 투자이므로 책값을 별로 아까워하지 않습니다. 그리고 재테크 분야, 그중에서도 부동산 재테크 분야 저자는 같은 분야 저자의 책에 추천사를 써 주고 자신의 네트워크에 소개하며 서로 지원하는 경향이 있습니다.

이런 저자는 출판사의 마케팅 활동으로는 불가능

● 사전적으로는 어떤 일이나 문제가 일어난 현장에 나온다는 의미이지만, 부동산 분야에서는 실제로 부동산 매물을 답사하는 일을 가리킨다.

한 확실한 고정 수요를 확보하고 있습니다. 그러다 보니 책을 지속적으로 출간하는 저자는 출판사를 직접 창업하거나, 특정 출판사와 단순한 저자로서가 아닌 동업자 같은 관계를 갖습니다. 그래서 유명 재테크 저자가 의외로 생소한 출판사에서 책을 출간하는 경우를 흔히 볼 수 있습니다. 그들은 단순히 책을 편집하고 서점에 도서 광고를 해 주는 게 아니라 원고 작업과 자신의 온·오프라인 사업을 보조해 줄 출판사와 편집자를 원합니다.

경제경영책 분야에서 브랜드 인지도가 높은 출판사라면 유명 재테크 저자와 출판사가 어느 정도의 협력 관계를 계속 유지해 나갈 수 있습니다. 양측이 모두 얻는 게 있으니까요. 하지만 균형이 유지되지 않는다면 담당 편집자가 해당 저자와 동업해서 출판사를 창업할 수도 있고, 저자를 멘토로 삼아 저자 사업체의 직원이 될 수도 있습니다. 물론 담당 편집자가 그 분야에 종사할 의지가 있어야겠죠.

재테크에 특별한 열정이 있지 않고 그냥 책을 만드는 게 좋은 편집자라면 부자의 마인드나 경제생활의 기본 개념을 다루는 책을 기획하는 데 집중하고, 재테크 분야에서 떠오르는 유명인 중 본업이 있으면서 도서 출간은 출판사에 일임하는 저자의 책을 내는 것이 효율적입니다.

　대표적인 재테크 분야는 주식과 부동산이지만, 시기에 따라 가상화폐 투자나 나무 묘목 투자가 주목을 받은 적도 있습니다. 가상화폐는 투자 관점만 다루면 재테크 도서지만, 블록체인 기술을 중심으로 다루면 4차 산업혁명 관련 미래예측서가 됩니다. 화폐라는 것이 국가와 국제 경제 질서의 승인을 받아야 하는 만큼 가상화폐의 미래는 아직 불투명하지만, 가상화폐의 근간인 블록체인 기술은 제조업과 금융 분야에서 신뢰성을 보증해줄 신기술로 주목받고 있습니다.

　재테크 분야 역시 장기적인 안목으로 들여다보면 미래예측, 경제전망, 세계 각국의 사회문화, 인구 동향, 기후 변화, 기술 혁신을 다루는 경제학 전반과 관련됩니다.

조직관리, 경영혁신, 전략기획

이 분야에서는 유명 경영대학원 교수가 조직문화나 경영전략에 대해 쓴 책이 주류를 이룹니다. 리더십이 강조되던 2000년대에는 이 분야에서 중국의 경세철학을 다룬 책이 많이 판매되었습니다. 조조의 리더십이 부각되기도 하고, '고전에서 경영의 지혜를 배운다'는 콘셉트의 책이 유행했습니다. 『삼국지』 같은 책과 회사 경영이 도대체 무슨 관계가 있다는 것일까요? 통치자는 국가의 경쟁력을 유지하며 외적에 대비하는 한편, 내부에서 호시탐탐 자신의 자리를 노리는 정적들을 파악하고 제거해야 합니다. 많은 경영자는 이런 통치자의 입장에서 생각합니다. 『삼국지』를 비롯한 중국 경세철학, 중국 드라마에 나오는 궁정정치에서는 권모술수가 중요합니다. 공개적으로는 대의명분을 중시하고 인재 등용에 힘쓰지만, 정적을 제거하고 권력을 유지하려고 책략에 의존합니다.

사람을 움직여 대업을 성취하는 일은 정치의 영역입니다. 사회·정치 분야 독자와 경영 분야 독자는 상당부분 중복됩니다. 정책결정자나 사회 지도층은 조직관리나 경영혁신 책에 관심이 많습니다. 조직행동학은 경영학의 한 분야로 분류되지만, 내용상 사회학과 심리학이 결합한 학문입니다. 조직행동학 성과에 기반한 최신 도서는 직원의 창의성을 사장시키지 않고 최대한 활용하며 조직의 혁신 역량을 높이는 방안을 제시합니다. 행동경제학은 경제학 이론 차원에서 주목받았지만, 시장에서의 인간 행동뿐 아니라 조직에서의 인간 행동에 초점을 맞추면 경영학에도 응용할 여지가 큽니다. 저는 앞으로 행동경제학에 기반한 독창적인 경영서가 다수 나오길 기대하고 있습니다.

전략기획 분야는 비즈니스 모델 수립이나 사업성 분석 등 전문적인 측면이 강하기는 하나 조직관리, 경영혁신 분야처럼 경영진이 주력 독자라는 점이 동일합니다.

이 분야는 국내서든 외서든 대가가 써야 주목받으므로 편집자 수준에서 기획하기는 다소 어렵습니다. 어느 정도 자금력이 있는 회사에 재직하고 있다면 화제성이 높은 외서를 찾아 적정 금액에 계약하는 것이 성공 가능성이 높습니다.

편집자 수준에서는 팀장 리더십 차원의 조직관리 책이나 스타트업과 관련된 전략기획 책을 기획하는 것이 현실적입니다. 시장 사이즈가 그렇게 크지 않아 경쟁이 아주 치열하지는 않고, 다년간 실무 경험을 축적한 저자가 다수 활동하기 때문에 국내 저자 중 적임자를 찾아 시장 트렌드에 맞는 책을 기획하면 투자 대비 좋은 성과를 거둘 수 있습니다.

브랜드, 마케팅, 세일즈

브랜드, 마케팅, 세일즈는 경제경영책 시장이 좋을 때도 중요성에 비해 판매가 높지 않았던 분야입니다. 책을 이 분야 실무서로 출간하면 판매가 좋지 않으므로 제목과 디자인, 홍보 문구를 다듬어서 마케팅 책은 경제전망서로, 브랜드 책은 경영혁신서로 바꾸어 출간하기도 합니다. 성공한 브랜드에 대한 책은 기업 성공 스토리 분야로 출간합니다. 온라인 서점에서는 이 분야 책이 처음부터 중복 분류되기도 합니다.

세일즈 책도 판매가 낮은 편인데, 실무 경험이 많은 열정적인 저자가 강연과 교육 활동을 열심히 펼치면 어느 정도 선전하기도 합니다.

마케터나 세일즈맨 출신 저자가 그 분야 실무에 대한 책이 아니라 자기계발서를 써서 베스트셀러가 된 사례가 있습니다. 특히 2000년대에는 다단계 조직을 중심으로 '태도가 세상만사를 좌우한다'는 식의 자기계발서 수요가 높았습니다. 다단계 수요가 많이 줄었다고는 하나 여전히 이런 종류의 책에 대한 수요는 꾸준합니다. 긍정적인 마음가짐과 적극적인 자세로 노력하면 목표를 이루고 부와 행운을 끌어들일 수 있다는 내용의 책은 거부감을 불러일으키기도 하지만 충성 독자도 많습니다.

재무, 세무, 회계 등 실무서 시리즈

세금이나 회계에 대한 기본서는 공들여서 잘 만들면 몇 년에 한 번씩 내용을 업데이트하고 개정판을 출간해 오랫동안 판매할 수 있는 효자 아이템입니다. 초기에 시장을 선점한 유명 도서도 있고, 주요 경제경영 출판사가 전략적 차원에서 시리즈로 개발한 책도 있습니다. 저자가 주도적으로 집필해서 시장을 선점한 책이라면 출판사는 계약 갱신 때마다 저자에게 어떤 조건을 제시해야 할지 고민이 클 것입니다. 출판사가 주도적으로 기획하고 개발한 책이라면 제목이나 시리즈명, 편집과 본문 디자인 등에 대해 출판사가 권리를 가지므로 저자가 출판사를 옮기면 기존의 시장 선점 효과를 상당 부분 상실하게 됩니다.

장기적인 수익 기반을 확보하려는 출판사는 오랜 기간과 여러 인력을 투입하여 경제경영 실무서 시리즈를 개발합니다. 회계 분야에서는 주로 주식 투자자를 위한 기본서로 '재무제표 읽기'에 초점을 맞추거나, 회사에서 승진하려는 직장인이나 팀장급 관리자를 위한 회계 기본 지식에 초점을 맞춥니다. 세무 분야 책은 주로 절세를 강조하며 재테크서의 하위 분야로 분류되기도 하고, 전문 지식이 중요하므로 실무서 라인으로 분류되기도 하며, 양쪽 분야에 중복 분류되기도 합니다. 부동산 세금만 따로 다루는 책도 수요가 많습니다. 부동산 관련 도서는 재테크서로 분류되지만, 특별히 경매 분야는 전문 지식이 요구되므로 경제경영 실무서 시리즈로 묶이기도 합니다.

이런 실무서 시리즈는 편집자가 장기적으로 노동력을 투입해야 하므로 회사의 지원과 편집자의 고용 안정이 필수입니다. 처음에 이런 시리즈를 개발할 때는 시간과 비용이 많이 들지만, 일단 성공적으로 개발하고 나면 편집과 시장에 대한 노하우를 축적해 후속작 개발과 구간 관리에 많은 공력을 들이지 않으면서도 지속적인 수익 창출이 가능해 안정적으로 회사를 운영하는 기반이 됩니다.

기업·경영자 스토리

기업·경영자 스토리는 예전보다 시장 사이즈가 무척

줄어들었지만, 여전히 중요한 분야입니다. 스티브 잡스처럼 기존 비즈니스 영웅과 전혀 다른 스타일의 새로운 '영웅'이 출현한다면 예외적인 성공을 거둘 수도 있을 것입니다.

앞에서 언급했듯 화제의 인물과 회사, 트렌드를 탐색하고 섭외하는 것은 분야와 상관없이 출판사가 전사적으로 중점을 두는 업무입니다. 시장의 기회를 포착해 회사에 제안하고 필요한 지원을 얻어 섭외에 성공한다면 회사의 인정을 받는 것은 물론 기획자로서의 자신의 가치를 높일 수 있습니다.

지금의 시장 상황에서는 기업가가 아니라 재테크 부자가 대중의 영웅입니다. '성공하면 자기 탓, 실패하면 환경 탓'인 것은 어떤 분야든 같지만, 재테크 부자는 기업가에 비해서 자신의 노력보다 운에 크게 좌우되어 성공한 사람이 많습니다. 어떤 경제평론가는 부동산으로 부자가 되었다고 하는 사람 다수가 2012~2013년에 부동산을 구입했다고 지적하기도 했습니다. 우연히도 부동산이 가장 침체된 시기에 구입했기 때문에 부자가 되었다는 것입니다. 이런 부자의 성공 스토리가 기업가의 성공 스토리를 대체했습니다. 물론 전문 투자자는 대개 법인을 설립하기 때문에 사업가라고 할 수도 있습니다.

경제경영책을 잘 읽지 않는 사람 중에는 주관적인 성공 스토리를 싫어하는 사람이 많습니다. 영미권에는 『스티브 잡스』로 유명한 월터 아이작슨처럼 전문적인 전기 작가나 경제경영 논픽션 작가가 방대한 자료와 취재를 바탕으로 집필한 수준 높은 기업가 스토리나 기업 스토리가 많이 있습니다. 꼭 전업 작가가 아니더라도 경제 기자나 애널리스트가 집필한 수준 높은 논픽션이나 전기가 지속적으로 출간됩니다. 이런 책은 대체로 아주 두꺼운데, 이른바 '벽돌책'도 화제의 인물이나 기업을 다루는 경우는 대형 베스트셀러가 되기도 합니다. 제가 편집한 워런 버핏의 전기 『스노볼 1·2』는 한 페이지에 26행으로 일반 경제경영책보다 3행 정도 더 넣어 빽빽하게 구성했음에도 총 2,000쪽에 달하는 대작이었는데, 영미권에서는 대형 베스트셀러였지만 국내에서는 그렇지 못했습니다. 제가 영미권 출판 시장에서 가장 부러운 점이 바로 이 점입니다. 영미권에는 수준 높은 논픽션 작가가 많고, 아무리 두꺼워도 작품성과 화제성에 따라 대중의 호응도 높은 편입니다.

IT산업 최강자 자리를 둘러싸고 벌어진 애플과 구글의 '개싸움'을 다룬 비즈니스 논픽션 『도그파이트』 같은 책도 영미권에서는 높은 평가를 받고 베스트셀러가 되었지만, 국내에서는 판매가 높지 않았습니다.

국내에서도 이런 작업을 하는 사람이 있지만, 역사적 위인을 다룬 경우에도 오랜 집필 기간과 공력에 비해 대중의 반응이 크지 않은데, 비즈니스 인물의 전기나 비즈니스 논픽션은 시장 자체도 제대로 형성되어 있지 않습니다. 앞에서도 말했듯이 이런 분야는 유명 기업가와 유명 기업이 직접 저자가 되거나, 다른 저자가 집필하더라도 해당 기업과 기업가가 공식적으로 지원하는 책을 출간해야 시장성이 있습니다.

방송인으로도 활약하는 신기주 기자가 대기업의 흑역사를 기록한 『사라진 실패』, 시나리오 작가 출신 이경식 번역가의 『이건희 스토리』, 한국 자본 시장의 역사를 기록한 이태호 기자의 『시장의 기억』 등은 상당히 의미 있는 책이지만, 대중의 호응이 크지 않은 건 둘째치고 언론과 오피니언 리더 그룹에서도 주목받지 못한 것 같습니다.

뜻있는 저자들이 있더라도 시장이 충분히 형성되지 않으면 비즈니스 논픽션이 활성화되기는 어렵습니다. 국내 기업과 기업가에 대해서도 객관적인 연구 자료를 바탕으로 수준 높은 전기와 논픽션이 다수 출간되고 공론의 장에서 논의되어야 한국 자본주의의 역사가 올바로 기록될 수 있을 것입니다. 이미 우리나라 대기업이 3세 체제로 접어들었는데, 객관적인 기록이 제대로 남지 않는다면 그 기업의 역사는 일방적 찬양과 매도 속에서 영원히 왜곡되어 버릴 수도 있을 것입니다. 우리나라에서도 실력과 대중성을 겸비한 걸출한 논픽션 작가들이 많아지고, 비즈니스 논픽션 시장이 활짝 열리기를 기대해 봅니다.

창업, 장사

스타트업 관련 도서는 창업부터 전략기획, 프레젠테이션, 마케팅에 이르기까지 경제경영책 전 분야에 걸쳐 양서가 꾸준히 출간되며, 대형 베스트셀러가 되지는 않지만 간혹 2~3만 부까지 판매되는 도서는 있습니다. 영미권 도서 중에 좋은 책이 많은데, 선인세가 크게 부담스럽지 않은 화제작을 수입해서 출간하면 해외 소식에 민감한 스타트업 종사자의 높은 호응을 얻는 경우가 많습니다. 스타트업 관련 도서의 국내 판매 사이즈가 어느 정도 한정적이라는 것이 잘 알려져 있으므로 선인세에 거품이 많이 끼지는 않는 편입니다. 국내서도 미국, 중국을 오가며 활발한 활동을 하는 스타트업 전문가나 오랜 실무 경험으로 인정받은 각 분야 경제경영 전문가의 저서가 꾸준히 출간되고 있습니다.

자영업 분야에서는 유독 카페 창업을 원하는 사람이 많아 카페 창업에 관한 책이 다수 출간되어 왔으나, 독특한 사업 모델을 보여 주는 경우가 아니라면 판매가 미미합니다. 그보다는 음식 창업 분야가 실제 시장 규모도 크고, 맛집으로 소문나면 프랜차이즈화해서 큰돈을 벌 수도 있어서, 성공 사례나 구체적인 노하우를 담은 책이 나와 좋은 반응을 얻기도 했습니다. 그러나 백종원이라는 걸출한 음식 사업가 겸 예능인의 출현으로 음식점 창업 및 운영 노하우를 책보다 방송 프로그램을 통해 얻는 사람이 늘어났습니다. 이런 예외적 인물의 출현으로 시장 판도에 변화가 생기는 일은 다른 분야에서도 종종 발생합니다.

공부방 창업과 운영 노하우 책도 종종 출간되어 좋은 반응을 얻은 바 있습니다.

무엇보다도 최근 가장 각광받는 분야는 스마트스토어 분야입니다. 온라인 쇼핑몰은 20여 년 전부터 주목받았지만, 지금은 온라인 플랫폼에서 누구나 손쉽게 셀러로 등록하고 활동할 수 있어 부업으로 하는 사람도 많습니다. 트렌드를 잘 읽거나 특정 품목의 수요를 잘 예측하는 사람은 중국에서 물건을 수입하거나 국내에서 도매로 구입해 일정 마진을 붙여 판매하면 높은 매출을 올리는 것이 가능합니다. 한류 열풍으로 우리나라의 독특한 물건에 대한 해외의 관심이 높아짐에 따라 아마존에 입점하여 국내 물품을 해외에 판매하는 셀러도 늘어나고 있습니다. 그 외에도 SNS 마케팅이나 유튜브 크리에이터로 성공하는 법에 대한 책이 나와 좋은 반응을 얻었습니다. 전통적인 자영업 분야보다 IT 플랫폼을 이용하여 1인 창업을 하거나 부업을 하는 것이 요즘 창업 분야 도서 트렌드입니다.

창업 기본서로 창업이나 소기업과 관련된 각종 제도, 정부 지원금, 세무 정보, 소기업 운영에 관한 각종 노하우를 담은 책도 꾸준한 수요가 있습니다. 이런 분야의 책을 경영 실무서 라인으로 론칭해 정기적으로 개정판을 출간하며 고정 수요를 확보할 수도 있습니다.

이 분야는 창업과 장사 트렌드에 따라 언제나 새로운 아이템을 찾을 수 있는 역동적인 분야이므로 지속적으로 관심을 기울인다면 아주 많이 팔리지는 않더라도 충분한 수요가 있는 도서를 개발할 수 있고, 더 나아가 기획자 자신이 제2의 인생을 설계하는 데도 영감을 얻을 수 있습니다.

처세, 실무 능력 향상, 화술, 협상 등
직장인 자기계발

처세, 실무 능력 향상, 화술, 협상 등의 분야는 자기계발서로도 분류되고, 직장인 실무서로도 분류됩니다. 전반적인 인간관계를 다루면 자기계발서가 되고, 회사에서의 처세법에 초점을 맞추면 직장인 실무서가 됩니다. 도서의 전 분야 중 대형 베스트셀러가 가장 많이 나오는 분야가 소설, 에세이, 자기계발인데, 직장인 처세서는 도서 시장에서 사실상 자기계발서로 인식됩니다.

간혹 인간관계나 화술을 다룬 이 분야 도서에서 대형 베스트셀러가 나옵니다. 그런 책이 베스트셀러가 되는 이유는 특별한 내용보다는 독자의 공감을 불러일으키는 트렌디한 콘셉트 덕이 큽니다. 그래서 이 분야 베스트셀러는 기획자의 상업적인 시장 감각에 크게 의존합니다. 초보 저자나 인지도 없는 외국 저자의 책이 대형 베스트셀러가 되는 경우가 많은데, 이는 저자의 권위와 독창적인 내용이 중요한 인문책이나 정통 경제경영책과 크게 다른 점입니다. 바로 그 점 때문에 기획자가 원고 작업에 깊숙이 개입하고, 공개적으로 드러나지는 않지만 상업적 성공을 위해 원고를 상당 부분 첨삭한다고 알려져 있습니다.

저는 원서의 내용을 30퍼센트 정도 솎아 내어 책을 만든 적이 있습니다. 외국 도서에는 장황하거나 국내 상황에 맞지 않는 내용이 다수 포함되어 있습니다. 그래서 문장을 교열하면서 간결하게 줄일 수 있는 내용은 최대한 줄이고, 빼는 게 나은 내용은 조금씩 덜어 냅니다. 소제목은 카피로 간주하여 흥미를 불러일으키는 표현으로 수정합니다. 당연히 원고 수정과 문장 교열에 아주 많은 시간이 소요됩니다. 책 내용이 쉽고 분량이 많지 않은 책이어도 만만한 작업이 아닙니다. 어느 정도 훈련된 편집자가 아니면 개악할 여지도 있습니다.

자기계발서나 처세서가 아닌 분야의 책을 이렇게 고치면 심각한 분쟁에 휘말릴 수 있습니다. 그리고 이런 분야라도 대폭적인 현지화 작업에 대해 원서 저작권사의 허락을 받기는 매우 어렵습니다. 저 역시 저작권법에 대한 인식이 부족했던 시절이라 내용을 30퍼센트나 덜어 냈던 것이지, 정말 주의해야 합니다. 과거와는 달리 한국어를 할 줄 아는 외국인도 많이 늘었습니다. 한국과 한국어의 위상이 달라졌는데 예전처럼 원서를 수입해

놓고 내용을 마음대로 고쳐서 출간해도 저작권사에서 영영 모를 거라고 기대하기는 어렵습니다.

여전히 경영자나 마케터가 경영책이나 인문책에 대해서까지 장황한 문장을 다 쳐내고 간결하게 만들라고 요구하기도 하지만, 원서를 있는 그대로 번역 출간해야 한다는 계약에 위배된다는 문제 이외에도 그런 무리한 작업을 통해 정말 그 책의 상업성이 크게 높아질지 고려해야 합니다. 그리고 문장 이전에 내용을 고려해야 합니다. 편집자나 출판사 입장에서 장황하고 불필요하게 느껴지는 부분이 저자 입장에서는 꼭 강조하고 싶었던 내용일 수도 있습니다.

역시 중요한 점은 계약하기 전에 원서의 가치를 잘 판단하는 것입니다. 국내 독자에게 장황하고 불필요하게 느껴지는 부분이 많다면 처음부터 계약을 하지 말아야 합니다. 전반적인 내용은 좋지만 국내 상황과 맞지 않는 부분이 걸린다면 계약 전에 저작권사에 현지화 작업에 대한 승인을 요청하는 게 좋습니다. 실용책은 처음부터 그 작업을 승인받고 진행하는 경우가 많습니다.

한번은 보통 자기계발서 세 배 분량의 미국 자기계발서를 검토한 적이 있습니다. 자기계발 분야에서 분량이 많다는 것은 다른 분야에서보다 훨씬 불리한 요인일

뿐 아니라, 책 속의 사례 중에는 국내 독자에게 생소해 공감하기 어려운 내용도 있었습니다. 그러나 영미권에서 워낙 화제작이어서 국내에 요구하는 선인세가 무척 높았고, 제가 일하던 출판사에서는 그 책을 포기하기로 결정했습니다. 그런데 나중에 출간된 책을 보니 원서와는 달리 전혀 두껍지 않았습니다. 이 책을 중개했던 국내 에이전시에 물어보니 계약할 때 이미 분량 축소에 대한 승인을 얻었다고 하더군요. 외국 저작권사가 베스트셀러 자기계발서의 현지화 작업을 승인하는 것은 거의 기대하기 어려운 일이지만, 가급적 그 출판사처럼 적극적인 협상을 통해 계약 전에 원고의 구성을 바꾸거나 내용을 덜어 내는 작업의 승인을 받는 것이 바람직합니다.

처세서 분야 국내 저자 중에는 기본 자료만 제공하고 편집자가 원고를 만들어 줄 것을 기대하는 사람도 있습니다. 거꾸로 편집자가 저자에게 책은 알아서 만들어 줄 테니 부담 없이 계약하자고 제안하기도 합니다.

제 생각에는 이렇듯 원고를 기획하고 써 주다시피 하는 편집자가 정말 경쟁력이 있다면 스스로 저자가 되는 것이 바람직합니다. 일본에는 편집자 출신 저자가 많고, 그런 저자가 쓴 책이 히트하는 경우도 종종 있습니다. 처음부터 단독 저자가 되는 것이 어렵다면 경제경영 전문가와 공저하는 게 좋습니다.

편집자가 원고를 직접 쓰면 출간 종수가 매우 제한될 수밖에 없습니다. 그런 장기적인 작업에 대해 회사의 승인을 얻고, 저작권 일부가 자신이나 회사에 귀속되게 한다면 모르겠지만, 성공 확률이 미심쩍은 원고 작업에 몇 달 이상 매달리고, 그렇게 다른 책보다 몇 배의 시간을 들여 직접 집필하다시피 만든 책의 저작권이 전부 저자에게 귀속된다면, 자신에게도 손해이고 회사에도 손해입니다. 베스트셀러가 될 것이 확실하면 모를까 소모적인 방식입니다. 반대로 출판사에서도 편집자가 저자 역할까지 하기를 기대하면서도 그만큼의 작업 시간을 감안해 주지 않는다면 모순된 태도일 수밖에 없습니다.

이런 방식으로 작업하는 편집팀을 본 적이 있는데, 결국 과반수 이상의 계약 타이틀이 원고가 나오지 않거나, 원고가 나와도 책으로 내기 어려운 상태였습니다. 실적이 나쁘면 담당자가 퇴사하거나 편집팀 자체가 해체되는데, 그 후에도 남은 계약 타이틀을 출간하거나 계약 해지해야 하므로 후임자가 고생하게 됩니다.

편집자가 주도적으로 기획하거나 집필하는 책은 처세서보다는 고정 수요가 있는 경제경영 실무서나 경제교양서 시리즈가 적합합니다. 전문가를 저자로 섭외하되 편집 저작권에 대해 출판사가 확실한 권리를 지니고, 편집자는 해당 분야의 전문 편집자로 성장하는 것입니다. 그것이 편집자와 출판사 양쪽 모두 잘되는 길입니다.

만약 편집자가 단타성 성공 스토리, 처세서에 강하다면 앞에서 언급했듯이 스스로 저자가 되는 편이 낫습니다. 꼭 회사에 소속되어 원고를 집필하고 싶다면 긴 작업 시간만큼 성공 가능성을 높여야 비용과 수익이 상쇄되므로 유명인을 저자로 섭외할 수 있는 출판사에 재직하며 충분한 작업 기간을 확보하여 스스로나 회사가 무리하지 않도록 관리해야 합니다.

보고서, 사업계획서를 비롯한 비즈니스 글쓰기, 효과적인 프레젠테이션 노하우, 기획력 키우기에 대한 책이나 '일 잘하는 직원'의 온갖 노하우를 집대성한 책은 꾸준한 수요가 있습니다. 에버노트 사용법이나 구글 활용법, 엑셀 활용법 등 일반 사원 누구나 손쉽게 활용할 수 있는 초보 IT 지식을 다루는 도서는 경제경영 출판사에서도 출간합니다. 최근에는 SNS 마케팅이 보편화되면서 SNS 채널 운영에 관한 책, 포토샵, 일러스트레이터나 영상 편집 프로그램에 관한 책도 일반 독자를 대상으로 출간되고 있습니다.

이런 분야 책은 대체로 단기 판매 사이즈는 크지 않지만, 내용이 알차면 예측 가능한 고정 수요를 대상으로 안정적인 수익 창출이 가능합니다.

취업과 경력 개발에 대한 책은 다양한 직업에 관해 다양한 내용을 담으므로 단품으로 접근하면 수지타산을 맞추기 어려우니 시장 사이즈가 훨씬 큰 취업 관련 수험서를 출간하는 교재 출판사에서 부가적으로 출간하거나 청소년 직업 시리즈로 출간하는 것이 현실적입니다.

경제경영책 기획자의 고민과 미래

2020년 5월 하나금융이 50~64세 퇴직자 1,000명을 조사해 발표한 '대한민국 퇴직자들이 사는 법'이라는 보고서에 따르면, 조사 대상자의 평균적인 퇴직 연령은 49.5세였습니다. 조직 규모가 매우 작은 영세 업체가 많은 출판사에서는 직원의 성장에 한계가 커서 이보다 더 이른 나이에 퇴직하는 경우가 많습니다. 일부 직장은 정년 연장을 논의하기도 하지만, 대부분의 직장에서 조기 퇴직이 흔한 우리나라에서는 30~40대 회사원이 현재 하는 일에 아무리 만족하더라도 퇴직 후 무슨 일을 할까 고민하는 것이 일반적입니다.

경제경영책 편집자는 어떤 분야 편집자보다도 계

산이 분명하고 현실적이므로 불투명한 장래에 대해 구체적인 대안을 마련하고자 하는 경향이 강합니다. 원래 하던 일을 계속하려고 출판사를 창업하는 퇴직 편집자가 많은데, 경제경영책 편집자는 특히 현재의 회사에서 잘나가더라도 기회를 잡았을 때 실행에 옮기는 경향을 보입니다. 확실한 수요를 확보한 저자와 파트너가 되기도 하고, 특정 세분 시장에서 몇 차례 시도해 보고 반응이 좋으면 그쪽을 주력 분야로 설정해서 출판사를 창업하기도 합니다. 경제경영책 편집자는 마케터와 호흡이 잘 맞는 경우가 많아 함께 동업하기도 합니다. 이렇게 창업을 시도했다가 잘 안 되면 사업을 접고 다른 출판사에 경력자로 다시 취업하는 마케터나 편집자도 많습니다.

안정된 회사에서 정년까지 일하는 것도 좋지만, 출판계, 그중에서도 특히 경쟁이 치열하고 트렌드가 자주 바뀌는 경제경영 출판사에서 실무자가 정년까지 일하는 경우는 거의 없으므로 어차피 출판으로 밥벌이를 해야 한다면 불안정한 고용 현실을 인정하고 적극적인 해법을 마련하는 것이 현명합니다.

책을 기획하고 편집하는 과정에서 알게 된 지식이나 인맥으로 관련 사업을 펼치기도 합니다. SNS 홍보 콘텐츠 제작은 출판사에서 마케터나 편집자가 늘 하는 일이므로 더 전문화해서 홍보 대행 업체를 창업하기도 하고, 기업에 독서경영 콘텐츠를 제공하는 1인 기업을 창업하기도 합니다. 다른 분야 편집자처럼 외주편집과 집필을 병행하는 프리랜서가 되는 사람도 많습니다. 개인 성향에 따라 퇴직 후 책방이나 음식점을 창업하기도 하고, 농사를 짓거나 바리스타가 되는 사람도 있습니다.

중요한 것은 현재 하는 일에서 보람을 느끼고 성과를 거두면 그다음 나아갈 길도 열린다는 것입니다. 변화무쌍한 세상에서 5년 뒤, 10년 뒤를 완벽하게 계획해서 실행할 수는 없습니다. 실력을 쌓으면서 풍향을 잘 가늠하고 한 발짝 한 발짝 신중하게 나아간다면 계획하지 않았더라도 결정적인 순간에 최선의 선택을 할 수 있을 것입니다.

저는 경제경영책에 주력하는 단행본 출판사에 입사하기 전에는 소설과 인문책을 주로 읽었습니다. 오랜 세월 경제경영책을 편집하고 기획하면서 비즈니스에서 활약하는 무수한 사람을 만나고, 세상을 지배하는 경제 시스템에 대한 지식을 축적할 수 있었습니다. 제가 앞으로 어떤 일을 하든 그 경험은 제 앞날을 밝혀 줄 귀중한 자산이 될 것입니다.

경제경영책 만드는 법
: 독자의 경제생활을 돕는 지식 편집자로 살기 위하여

2020년 9월 24일   초판 1쇄 발행

지은이
백지선

펴낸이	**펴낸곳**	**등록**
조성웅	도서출판 유유	제406-2010-000032호(2010년 4월 2일)

주소
경기도 파주시 책향기로 337, 301-704 (우편번호 10884)

전화	**팩스**	**홈페이지**	**전자우편**
031-957-6869	0303-3444-4645	uupress.co.kr	uupress@gmail.com

	페이스북	**트위터**	**인스타그램**
	facebook.com	twitter.com	instagram.com
	/uupress	/uu_press	/uupress

편집	**디자인**	**마케팅**
사공영, 김진희	이기준	송세영

제작	**인쇄**	**제책**	**물류**
제이오	(주)민언프린텍	(주)정문바인텍	책과일터

ISBN 979-11-89683-70-2 04320
     979-11-85152-36-3 (세트)

이 도서의 국립중앙도서관 출판예정도서목록(CIP)은 서지정보유통지원시스템
홈페이지(seoji.nl.go.kr)와 국가자료공동목록시스템(nl.go.kr/kolisnet)에서
이용하실 수 있습니다.(CIP제어번호: CIP2020037948)

텀블벅 후원자 명단

87**** 경이 규규 기린기린기린아 김근성 김나정 김남우 김성경 김지수 김지아 김지혜 나무 나자 당
두웅 로지즈 마피아싱글하우스 말몽 멍양 무명 문주연 바흐사랑 박소연 배고파 블레이크 비롯 뿜빵 서굴
서울로망 성기승 세수연 수수 스누피 승유이모 시안 신이— 싱 ㅇㅇㅇ 안개 야오 엘리 영수 올리브앤
용가리 원소연채연 이미나 이승은 이은규 이은옥 이은진 이지훈 쪼리 책수례 최연우 콩콩이 하양별
허스키 허예지 허재희 홍연주 황다원 후라이 alf**** Barista—Gu book**** colee**** Dirtybarry Genius
ghgk ghlee**** godn**** Han-keul Jeong Heejin Kim hyeon hyj**** INYEONG kai**** kjm****
kkkjjw**** Lacavice LUNA819 lusor ma**** Mh Seo Minpyo Kim moldy nomorel PINEA Ren Sawasi
soulmate44 StUdIO see summer705 supersta**** Tommy tox Yvette Yang （외 3명）

편집자 되는 법

책 읽기 어려운 시대에 책 만드는 사람으로 살기 위하여

이옥란 지음

편집자란 무엇인가. 출판 편집에 관심 있는 이와 편집자로서 좀 더 단단히 서고 싶은 이를 위한 매뉴얼. 16년간 편집자를 지내고 서울북인스티튜트에서 서울출판예비학교 편집자 과정 책임교수로 후배를 양성하고 있는 저자가 편집자의 정체성과 현실 그리고 전문가로서 갈고닦아야 할 실력과 안목을 알려 준다. 독서 인구가 매년 줄어들고, 척박한 환경에 높은 이직률을 보이는 현실이지만, 스스로 전문가로서 자신의 길을 개척하기를 권하는 편집자 선배의 안내서이기도 하다.

출판사에서 내 책 내는 법

투고의 왕도

정상태 지음

베테랑 편집자가 투고를 준비하는 예비 저자가 참고하면 좋을 만한 사항들을 정리한 믿음직한 안내서. 모든 원고의 첫 번째 독자이자 저자, 원고, 시장, 독자 모두를 고려하는 편집자의 복합적인 관점을 예비 저자가 익히도록 도움을 주는 책이다. 예비 저자가 자신의 원고를 어떤 방향으로 수정하고 보완해야 할지 생각해 볼 수 있도록 하는 동시에 콘셉트 만들기, 예상 독자 찾기, 기획서 완성하기, 투고할 출판사 찾기 등에 대한 친절한 조언이 담겨 있다.

우리 고전 읽는 법

지금, 여기, 나의 새로운 눈으로

설흔 지음

저자 설흔은 20년간 우리 고전을 읽고 공부해 온 고전 마니아다. 우리 고전 문헌의 사실을 바탕으로 삼아 날줄로 엮고, 문헌에서 드러나지 않은 여백을 자신의 문학적 상상으로 씨줄을 엮어 흥미로운 소설 형식으로 고전을 소개해 왔다. 이 책은 그런 저자가 우리 옛글을 읽기 어려워하는 성인 독자를 위해 작심하고 쓴 본격 고전 읽기 안내 교양서이다. 지금 여기 우리의 관심사인 여성, 여행, 죽음, 취향, 경계인(소수자, 약자)과 같은 키워드로 옛글을 읽어 낸다.

도서관 여행하는 법
앎의 세계에 진입하는 모두를 위한
응원과 환대의 시스템

임윤희 지음

오랫동안 도서관 열혈 이용자로
살다가 지역 도서관 운영위원,
도서관을 채우는 책 만드는
사람이 된 '도서관 덕후'의 이야기.
전 세계 다양한 도서관을 여행하고
변하고 있는 우리 주변 도서관을
살피며 도서관에 대해 느낀 점을
차곡차곡 모아 엮었다. 누군가 앎의
세계에 진입하고자 할 때 도서관이
어떤 역할을 할 수 있는지, 마땅히
어떤 기능을 수행해야 하는지
제언하며, 우리가 몰랐던 사서의
역할과 노력에 대해서도 생각해 볼
여지를 마련해 준다.

작은 책방 꾸리는 법
책과 책, 책과 사람, 사람과 사람을 잇는 공간

윤성근 지음

십 년 넘게 한 자리에서 작은
책방을 알뜰살뜰 꾸려 온 경험 많은
책방지기가 들려주는 책방 운영법.
주인장 혼자 꾸려 나가기에 적당한
책방의 규모는 어느 정도인지, 서가는
어떻게 꾸며야 하고 인테리어는
어떻게 해야 좋은지, 어떤 마음과
태도로, 어떤 철학을 가지고 일해야
책방을 잘 꾸려 오래도록 유지할 수
있는지 등 초보 책방지기라면 누구든
궁금해할 질문들을 거의 모두 다뤘다.

유튜브로 책 권하는 법
'보는' 사람을 '읽는' 사람으로
변화시키는 일에 관하여

김겨울 지음

책 읽는 사람보다 영상 보는 사람이
많은 시대에 좋은 책 이야기를 더
널리 알리고 읽는 일의 가치를 전하기
위해서 영상 속에 책을 옮겨 심은
북튜버의 이야기.
"북튜브는 어떻게 하는 건가요?
구독자는 어떻게 모았나요? 촬영
장비는 뭘 쓰고 편집은 어떻게 하나요?
북튜버는 돈을 벌 수 있나요? 앞으로
북튜버는 지금보다 더 주목받을 수
있을까요?" 초보·예비 북튜버들이
궁금해하는 질문에 대한 답과 이제껏
확연히 드러난 적 없는 북튜브 일의
이면에 관한 이야기까지 모두 담았다.

열 문장 쓰는 법

못 쓰는 사람에서 쓰는 사람으로

김정선 지음

유유의 스테디셀러 『내 문장이 그렇게
이상한가요?』와 『동사의 맛』을 쓴
문장수리공 김정선의 글쓰기 안내서.
저자는 글쓰기가 어려운 이유는
우리가 한국어 문장을 잘 구사한다고
착각하고 있기 때문이라고 지적하면서
글쓰기가 '나만의 것'을 '모두의
언어'로 번역하는 행위임을 이해하고,
한국어 문장 쓰는 일에 익숙해져야
한다고 말한다. 최소한 열 문장 정도는
무리 없이 써 내려 갈 수 있도록,
못 쓰는 사람에서 쓰는 사람이 되도록
함께 연습하자고 제안하는 책.

아이와 함께 역사 공부하는 법

시야를 넓게, 생각을 깊게

강창훈 지음

어떻게 하면 아이들에게 역사를
친숙하고 자연스럽게 소개할 수
있을까? 역사를 가르쳐 주지는
못하더라도 올바른 역사관을 가질 수
있게 도울 방법은 없을까? 오랫동안
역사책을 만드는 편집자로 일하다가
어린이를 위한 역사책을 쓰는 작가로
활동하던 저자가 왜 일찍부터 역사를
접하는 것이 중요한지, 도처의 역사
소재를 어떻게 활용하면 아이와
어른 모두에게 유익한 공부를 할 수
있는지, 그 자연스러운 공부를 통해
어떤 즐거움과 가르침을 얻을 수
있는지 소개한다.

작은 출판사 차리는 법

선수 편집자에서 초짜 대표로

이현화 지음

25년간 편집자로 일해 온 저자는
"내 시간을 온전히 내 것으로" 쓰며
일하기 위해, "책을 통해 독자, 나아가
세상과 소통"하기 위해 작은 출판사를
차렸다. '선수' 편집자에서 '초짜'
대표가 되어 고군분투하며 출판사를
꾸려 온 지 어언 2년. 책을 둘러싼
사람들과 지지고 볶고, 읽고 붙들고
북치고 장구치고, 온갖 계약서와 숫자
앞에서 좌충우돌한 시간과 출판사를
차리고 꾸려 가는 과정에서 맞닥뜨린
고민과 불안, 선택과 결정의 순간을
솔직담백하게 써냈다.

청소년책 쓰는 법
쉽게 쓰기가 가장 어려운 당신에게 보내는 원고 청탁서

김선아 지음

성인, 어린이, 청소년 논픽션을 두루 만들며 청소년책에 대해 오랫동안 고민한 편집자가 성인책과 청소년책은 어떻게 다르며 청소년책은 어떠해야 하는지, 어떻게 하면 청소년책을 잘 쓸 수 있는지 등을 설명하는 책. 청소년책 중에서도 청소년 논픽션 분야에 초점을 맞추고 어떤 태도와 감성, 어휘로 독자에게 다가가면 좋을지를 꼼꼼히 짚어 이야기하며 청소년책을 쓰고자 하는 이들은 물론 찾고 고르고 고민하는 이들, 만드는 이들에게까지 실질적인 도움을 준다.

나만의 콘텐츠 만드는 법
읽고 보고 듣는 사람에서 만드는 사람으로

황효진 지음

다양한 콘텐츠를 만드는 기획자 황효진이 머릿속에 잠들어 있는 아이디어를 '나만의 콘텐츠'로 만드는 법을 안내하는 책. 마인드맵을 활용해 내가 하고 싶은 이야기를 찾는 법부터 시작해서 콘텐츠를 기획한다는 것이 무엇인지 우리가 쉽게 이해하도록 설명하고, 책·잡지·팟캐스트·뉴스레터 등 매체 전반에 폭넓게 적용할 수 있는 기획법과 기획안 쓰는 법, 콘텐츠를 기획할 때 생각해야 하는 질문과 태도, 자신이 겪은 시행착오까지 솔직하게 담아냈다.

사전 보는 법
지식의 집을 잘 짓고 돌보기 위하여

정철 지음

갈수록 보는 사람이 줄어들어 사실상 개정과 편찬 작업을 멈춘 우리 사전의 현 상황을 돌아보고 그렇다면 사전을 어떻게 이용해야 하는지, 문제점을 개선할 방법이 있는지, 정제되지 않은 정보가 넘쳐나는 시대에 좋은 사전이 얼마나 강력한 도구가 될 수 있는지 등을 고민하며 수집한 이야기를 다룬다. 공부하는 사람에게 좋은 사전은 '믿을 만한 지식의 집'과 같다. 『사전 보는 법』은 바로 이 집을 잘 짓고 돌보는 방법에 관한 책이다.